TRADUÇÃO Ana Carolina Oliveira

2ª EDIÇÃO

Copyright © 1948 Tove Jansson
Copyright desta edição © 2023 Editora Yellowfante

Publicado originalmente por Schildts Förlags Ab, Finland. Todos os direitos reservados.
Edição em português publicada através de acordo com Schildts & Söderströms e
Vikings of Brazil Agência Literária e de Tradução Ltda.

Título original: *Trollkarlens hatt*
Traduzido do inglês *Finn Family Moomintroll*, por Ana Carolina Oliveira

Todos os direitos reservados pela Editora Yellowfante. Nenhuma parte desta
publicação poderá ser reproduzida, seja por meios mecânicos, eletrônicos, seja via
cópia xerográfica, sem a autorização prévia da Editora.

EDIÇÃO GERAL
Sonia Junqueira

DIAGRAMAÇÃO
Carol Oliveira

REVISÃO
Maria Theresa Tavares

Dados Internacionais de Catalogação na Publicação (CIP)
(Câmara Brasileira do Livro, SP, Brasil)

Jansson, Tove
    Os Moomins e o chapéu do mago / Tove Jansson ; tradução Ana
Carolina Oliveira. -- 2. ed. -- Belo Horizonte : Yellowfante, 2023. --
(Série Moomins ; 3)

    Título original: Trollkarlens hatt
    ISBN 978-65-84689-50-3

    1. Literatura infantojuvenil I. Título.

22-136269   CDD-028.5

Índice para catálogo sistemático:
1. Literatura infantojuvenil 028.5
2. Literatura juvenil 028.5

Aline Graziele Benitez - Bibliotecária - CRB-1/3129

A **YELLOWFANTE** É UMA EDITORA DO **GRUPO AUTÊNTICA** ©

Belo Horizonte
Rua Carlos Turner, 420
Silveira . 31140-520
Belo Horizonte . MG
Tel.: (55 31) 3465-4500

São Paulo
Av. Paulista, 2.073 . Conjunto Nacional
Horsa I . Sala 309 . Bela Vista
01311-940 . São Paulo . SP
Tel.: (55 11) 3034-4468

www.editorayellowfante.com.br
SAC: atendimentoleitor@grupoautentica.com.br

SUMÁRIO

5   GALERIA DOS MOOMINS

9   PREFÁCIO

11 CAPÍTULO 1
    No qual Moomin, Snufkin e Sniff encontram o chapéu de Hobgoblin, como cinco pequenas nuvens aparecem de repente, e como Hemulen descobre um novo passatempo.

29 CAPÍTULO 2
    No qual Moomin sofre uma mudança inesquecível e se vinga da Formiga-leão, e como Moomin e Snufkin partem em uma expedição noturna secreta.

48 CAPÍTULO 3
    No qual Muskarato passa por uma experiência horrível, como a família Moomin descobre a Ilha dos Amperinos, de onde Hemulen escapa por um triz, e como eles sobrevivem à grande tempestade.

72 CAPÍTULO 4
No qual, por causa do ataque noturno dos Amperinos, Miss Snob perde os cabelos, e como a descoberta mais fantástica é feita na Ilha Solitária.

89 CAPÍTULO 5
No qual ouvimos falar da caçada ao Mameluke, e de como a casa dos Moomins se transforma em uma selva.

114 CAPÍTULO 6
No qual Tinguti e Vitu entram na história, trazendo uma mala misteriosa e seguidos pelo Groke, e como Snork conduz um caso no tribunal.

129 CAPÍTULO 7
Que é muito longo e descreve a partida de Snufkin; e como o conteúdo da mala misteriosa foi revelado; e também como Moomin Mãe encontrou sua bolsa e organizou uma festa para comemorar; e, finalmente, como Hobgoblin chegou ao Vale dos Moomins.

GALERIA DOS MOOMINS

Aqui estão alguns dos personagens que você vai encontrar neste livro.

Moomin Mãe
O centro da família, extremamente correta e de cabeça aberta.

Moomin Pai
Contador de histórias, sonhador, muito leal à família e aos amigos.

Moomintrol, ou Moomin, para os amigos
Tão inocente quanto entusiasmado, é também ingênuo e muito amável.

Miss Snob
Amiga de Moomin, muito ocupada com suas fantasias românticas.

Snork
Irmão de Miss Snob e grande amigo de Moomin. Acredita no poder da ciência e gosta de solucionar problemas.

Snufkin
Um boêmio, músico e melhor amigo de Moomin.

Sniff
Um amigo adotivo da família cujo interesse principal é conseguir riquezas, como pedras preciosas.

O Groke
O pavor de todos, o indescritível horror.

Tinguti e Vitu
Uma dupla maliciosa, que gosta muito de estilingues e coisas do gênero.

Hemulen
Colecionador apaixonado de selos e plantas.

Tutiki
Cheio de bom senso, frequentemente restabelece a ordem no vale.

Muskarato
Diz ser filósofo; gosta de ficar em paz.

PREFÁCIO

Em uma manhã cinzenta, começou a nevar no Vale dos Moomins. A neve caía suave e silenciosa, e em poucas horas tudo estava branco.

Moomin ficou de pé à porta, observando o vale se esconder sob o cobertor de inverno. "Esta noite," pensou, "vamos nos acomodar para nosso longo sono de inverno." (Todos os Moomins dormem a partir de novembro. O que é uma boa ideia para quem não gosta do frio e da longa escuridão do inverno.) Fechando a porta atrás de si, Moomin foi de mansinho até a mãe e disse:

— A neve chegou!

— Eu sei – respondeu Moomin Mãe. – Já arrumei as camas de todos vocês com os cobertores mais quentinhos. Você vai dormir com Sniff no quarto pequeno, debaixo do beiral.

— Mas Sniff ronca demais! – reclamou Moomin. – Não posso dormir com Snufkin?

— Como quiser, querido – concordou Moomin Mãe. – Sniff pode dormir no quarto que dá para o leste.

Assim, a família Moomin, seus amigos e todos os conhecidos começaram a se preparar, com toda a pompa e cerimônia, para o longo inverno. Moomin Mãe pôs a mesa na varanda, mas só tinham folhas de pinheiro para o jantar. (É importante terem a barriga cheia de folhas de pinheiro, se quiserem dormir o inverno inteiro.) Quando a refeição acabou – e receio que não tenha sido muito gostosa –, todos se despediram uns dos outros, com mais cuidado do que o normal, e Moomin Mãe pediu que escovassem os dentes.

Em seguida, Moomin Pai andou pela casa, fechando todas as portas e persianas, e pendurou um mosquiteiro sobre o lustre, para que ele não ficasse empoeirado.

Então, cada um subiu em sua cama, aninhando-se confortavelmente, puxou o cobertor por cima das orelhas e pensou em alguma coisa boa. Mas Moomin suspirou e disse:

– Acho que vamos perder tempo demais.

– Não se preocupe – respondeu Snufkin. – Vamos ter sonhos maravilhosos e, quando acordarmos, será primavera.

– Hum-m... – murmurou Moomin, sonolento, mas já tinha sido levado para um mundo nebuloso de sonhos.

Lá fora, a neve caía grossa e macia. Já cobria os degraus e pendia pesada dos telhados e calhas. Logo, a casa dos Moomins não passaria de uma grande e redonda bola de neve. Um a um, os relógios pararam de bater. O inverno tinha chegado.

CAPÍTULO 1

No qual Moomin, Snufkin e Sniff encontram o chapéu de Hobgoblin, como cinco pequenas nuvens aparecem de repente, e como Hemulen descobre um novo passatempo.

Numa manhã de primavera, às 4 horas, o primeiro cuco chegou ao Vale dos Moomins. Empoleirou-se no telhado azul da casa dos Moomins e cantou oito vezes – bastante rouco, para ser exato, pois ainda era o começo da primavera. Depois, voou para o leste. Moomin acordou e ficou deitado por um longo tempo, olhando para o teto, antes de se dar conta de onde estava. Tinha dormido por cem noites e cem dias, e os sonhos ainda enchiam sua cabeça, tentando persuadi-lo a voltar a dormir.

Mas, enquanto se mexia, tentando encontrar uma nova posição aconchegante para dormir, viu uma coisa que o fez despertar de vez: a cama de Snufkin estava vazia!

Moomin se sentou. Não, o chapéu de Snufkin também não estava lá.

– Puxa vida! – exclamou, indo na ponta dos pés até a janela aberta.

A-ha! Snufkin tinha usado a escada de corda. Moomin passou pelo peitoril da janela e desceu com cuidado, por causa de suas pernas curtas. Viu claramente as pegadas de Snufkin na terra molhada, perambulando aqui e ali, bem difíceis de seguir, até que deram um grande salto e se cruzaram.

– Ele devia estar muito feliz – concluiu Moomin. – Deu uma cambalhota aqui. Isso está bem claro.

De repente, Moomin levantou o nariz e prestou atenção. Ao longe, Snufkin estava tocando sua música mais feliz, "Todas as criaturinhas deveriam ter laços em seus rabos". Moomin começou a correr na direção da música.

Lá embaixo, perto do rio, encontrou Snufkin sentado na ponte, com as pernas balançando na água. Seu velho chapéu estava enterrado nas orelhas.

– Oi! – disse Moomin, sentando-se ao lado dele.

– Oi, você! – respondeu Snufkin, e continuou tocando.

O Sol estava alto, agora, e brilhava diretamente nos olhos deles, fazendo-os piscar. Os dois ficaram sentados, balançando as pernas na água corrente, sentindo-se felizes e despreocupados.

Tinham vivido muitas aventuras estranhas nesse rio e levado para casa muitos novos amigos. Moomin Mãe e Moomin Pai sempre recebiam os amigos do mesmo jeito tranquilo, só acrescentando mais uma cama e pondo uma folha extra na mesa de jantar. Então, a casa dos Moomins era bem cheia – um lugar onde todos faziam aquilo que gostavam e quase nunca se preocupavam com o amanhã. Frequentemente, coisas inesperadas e perturbadoras aconteciam, mas ninguém tinha tempo de ficar entediado, e isso era ótimo.

Quando chegou ao último verso de sua canção de primavera, Snufkin guardou a gaita no bolso e perguntou:

– Sniff já acordou?

– Acho que não – respondeu Moomin. – Ele sempre dorme uma semana a mais do que os outros.

– Então, com certeza, temos de acordá-lo – disse Snufkin, descendo com um pulo. – Precisamos fazer alguma coisa especial hoje, porque o tempo vai ser bom.

Em seguida, Moomin fez o sinal secreto debaixo da janela de Sniff: três assovios normais e, depois, um longo, o que queria dizer: "há alguma coisa acontecendo". Eles ouviram Sniff parar de roncar, mas nada se moveu lá em cima.

– Mais uma vez – disse Snufkin. E sinalizaram ainda mais alto.

A janela se abriu com um estrondo.

– Estou dormindo! – gritou uma voz irritada.

– Desça aqui e não fique bravo – disse Snufkin. – Vamos fazer uma coisa muito especial.

Sniff alisou as orelhas amassadas de tanto dormir e desceu pela escada de corda. (Talvez eu deva mencionar que eles tinham escadas de corda debaixo de todas as janelas, porque levava tempo demais descer os degraus dentro da casa.)

Sem dúvida, o dia prometia ser lindo. Por toda parte, pequenas criaturas confusas, que também acabavam de acordar do longo sono de inverno, remexiam tudo, tentando encontrar velhas tocas, e se ocupavam em arejar roupas, escovar os bigodes e arrumar as casas para a primavera.

Muitos estavam construindo casas novas, e acho que alguns estavam brigando. (A gente pode acordar de péssimo humor depois de um tempo tão longo...)

Os espíritos que assombravam as árvores ficavam sentados, penteando os longos cabelos, e, no lado norte dos troncos, ratos-bebês cavavam túneis entre os flocos de neve.

– Feliz primavera! – exclamou uma minhoca idosa. – Como foi o inverno pra você?

– Muito bom, obrigado – respondeu Moomin. – A senhora dormiu bem?

– Dormi – respondeu a minhoca. – Meus cumprimentos a seu pai e sua mãe.

Moomin, Snufkin e Sniff continuaram andando, conversando com muita gente pelo caminho;

mas, quanto mais alto subiam na colina, menos gente havia, e finalmente viram só uma ou duas ratazanas-mamães farejando e fazendo a faxina de primavera.

Tudo em volta estava molhado.

– Eca! Que nojo! – disse Moomin, escolhendo o caminho, cauteloso, através da neve derretida.

– Tanta neve nunca é bom para um Moomin. Foi Mamãe que disse. – E espirrou.

– Escute, Moomin – disse Snufkin. – Tenho uma ideia. Que tal a gente ir até o topo da montanha e fazer uma pilha de pedras pra mostrar que fomos os primeiros a chegar lá?

– Sim, vamos! – concordou Sniff e partiu logo, pra chegar antes dos outros.

Quando alcançaram o topo, o vento de março dava cambalhotas ao redor deles, e a distância azul se estendia a seus pés. A oeste estava o mar; a leste, o rio dava voltas nas Montanhas Solitárias; ao norte, a grande floresta espalhava seu tapete verde; e ao sul, via-se a fumaça rosa da chaminé dos Moomin, pois Moomin Mãe estava preparando o café da manhã. Mas Sniff não viu nenhuma dessas coisas, porque no topo da montanha havia um chapéu – um chapéu alto e preto.

– Alguém esteve aqui antes! – disse.

Moomin pegou o chapéu e reparou bem nele.

– É um chapéu diferente – observou. – Talvez sirva em você, Snufkin.

– Não, não – respondeu Snufkin, que adorava seu velho chapéu verde. – É novo demais.

— Talvez Papai goste dele — ponderou Moomin.

— Bem, de qualquer jeito, vamos levá-lo conosco — disse Sniff. — Mas, agora, quero ir pra casa. Estou morrendo de vontade de tomar o café da manhã, e vocês?

— Devo dizer que eu também estou — disse Snufkin.

E foi assim que encontraram o chapéu do Hobgoblin e o levaram para casa, sem imaginar, nem por um segundo, que isso lançaria um feitiço sobre o Vale dos Moomins, e que, em pouco tempo, todos eles veriam coisas estranhas...

Quando Moomin, Snufkin e Sniff saíram para a varanda, os outros já tinham tomado o café da manhã e partido em várias direções. Moomin Pai estava sozinho, lendo o jornal.

– Bem, bem! Então vocês também acordaram! – ele disse. – Quase nada no jornal de hoje. Um rio estourou a represa e inundou várias formigas. Todas se salvaram. O primeiro cuco chegou ao vale às 4 horas e, em seguida, voou para o leste. (Isso é um bom presságio, mas um cuco voando para o oeste é ainda melhor...)

– Olhe o que encontramos – interrompeu Moomin, orgulhoso. – Um lindo chapéu pra você!

Moomin Pai deixou o jornal de lado e examinou o chapéu com atenção. Depois, o pôs na cabeça em frente a um espelho comprido. Era bem grande para ele – na verdade, quase cobria seus olhos –, e o resultado era bastante curioso.

– Mamãe! – gritou Moomin. – Venha ver o papai!

Moomin Mãe abriu a porta da cozinha e olhou para ele, espantada.

– Como estou? – perguntou Moomin Pai.

– Está bem – Moomin Mãe respondeu. – Sim, você está muito bonito, mas ele está um pouco grande.

– Fica melhor assim? – perguntou Moomin Pai, puxando o chapéu para trás.

– Hum... – disse Moomin Mãe. – Também fica elegante assim, mas acho que você fica mais distinto sem chapéu.

Moomin Pai se olhou de frente, de costas, de lado, e colocou o chapéu na mesa, com um suspiro.

– Você tem razão – ele disse. – Algumas pessoas ficam melhor sem chapéu.

– Claro, querido – disse Moomin Mãe, amável. – Agora, crianças, comam seus ovos, vocês precisam se alimentar depois de viverem de folhas de pinheiro durante todo o inverno. – E desapareceu, em direção à cozinha.

– Mas o que faremos com o chapéu? – perguntou Sniff. – Ele é tão chique!

– Use-o como cesta pra papel usado – sugeriu Moomin Pai, e em seguida foi para o andar de cima, para continuar a escrever a história de sua vida (um grosso volume sobre sua juventude agitada).

Snufkin pôs o chapéu no chão, entre a mesa e a porta da cozinha.

– Agora, vocês têm uma nova mobília – disse, irônico, pois nunca conseguia entender por que as pessoas gostavam de ter coisas. Ele estava bastante feliz usando o velho terno que tinha desde que nasceu (ninguém sabe quando ou onde isso aconteceu), e a única posse da qual ele não abria mão era sua gaita.

– Se já terminaram o café da manhã, vamos ver como os Snorks estão indo – disse Moomin. Mas, antes de sair para o jardim, jogou a casca do ovo na nova cesta de papel, pois (às vezes) ele era um Moomin educado.

Agora, a sala de jantar estava vazia.

No canto, entre a mesa e a porta da cozinha, estava o chapéu de Hobgoblin, com a casca de ovo no fundo. Foi então que algo muito estranho aconteceu: a casca de ovo começou a mudar de forma.

(É isso que acontece, sabe? Se alguma coisa fica no chapéu de Hobgoblin por muito tempo, ela começa a se transformar em outra coisa muito diferente – o que vai ser, nunca se sabe com antecedência. Por sorte, o chapéu não coube no Moomin Pai, porque só o Protetor-de-todas-as-Pequenas-Criaturas sabe o que teria acontecido com ele, se tivesse usado o chapéu por mais tempo. Do jeito como aconteceu, Moomin Pai só teve uma leve dor de cabeça – e foi bem depois do jantar.)

Enquanto isso, a casca de ovo tinha ficado macia e fofa, apesar de continuar branca, e, depois de um tempo, encheu todo o chapéu. Em seguida, cinco pequenas nuvens se soltaram da aba, voaram para a varanda, desceram os degraus e ficaram lá, suspensas pouco acima do solo. O chapéu ficou vazio.

– Puxa vida! – exclamou Moomin.

– A casa está pegando fogo? – perguntou Miss Snob, ansiosa.

As nuvens estavam suspensas diante deles, sem se mover ou mudar de formato, como se estivessem esperando por algo. Miss Snob esticou a pata com muito cuidado e tocou a mais próxima.

– Parece algodão – disse, com voz de surpresa.

Os outros se aproximaram e sentiram a nuvem também.

– Igual a um pequeno travesseiro – disse Sniff.

Snufkin empurrou de leve uma das nuvens. Ela flutuou um pouco e parou.

– De quem são elas? – perguntou Sniff. – Como vieram parar na varanda?

Moomin balançou a cabeça:

– É a coisa mais estranha que já vi – disse. – Talvez a gente deva chamar mamãe.

– Não, não – respondeu Miss Snob. – Vamos checar nós mesmos. – E arrastou uma nuvem para o chão e a alisou com a pata.

– Tão macia! – exclamou, e no minuto seguinte estava dançando na nuvem para cima e para baixo, soltando altas risadinhas.

– Posso pegar uma também? – gritou Sniff, pulando em outra nuvem. – Oba!

Quando ele disse "oba!", a nuvem subiu e fez uma curva elegante sobre o solo. – Nossa! – exclamou Sniff. – Ela se mexeu!

Os outros saltaram sobre as nuvens, gritando:

– Oba! Oba! Oba!

As nuvens chacoalharam, fora de controle, até que Snork descobriu como conduzi-las. Pressionando de leve com um pé, ele conseguia fazer a nuvem mudar de direção. Se pressionasse com os dois pés, ela ia para a frente, e, se balançasse devagar, a velocidade diminuía.

Todos se divertiram a valer; até voaram sobre o topo das árvores e o telhado da casa dos Moomins.

Moomin pairou do lado de fora da janela de Moomin Pai e gritou "Cocoricóóó!" (estava tão animado, que não conseguiu pensar em nada mais inteligente para dizer).

Moomin Pai deixou a caneta cair e correu até a janela.

– Que susto! – ele exclamou. – Era só o que faltava!

– Isso vai dar um ótimo capítulo pra sua história – disse Moomin, guiando sua nuvem para a janela da cozinha, onde gritou para a mãe. Mas Moomin Mãe estava com muita pressa e continuou a fazer rissoles.

– O que você encontrou desta vez, querido? – ela perguntou. – Só tenha cuidado pra não cair!

Mas lá embaixo, no jardim, Miss Snob e Snufkin tinham descoberto uma nova brincadeira. Eles dirigiam na direção um do outro o mais rápido possível e trombavam, em um leve choque. O primeiro que caísse perdia.

– Agora, vamos ver! – gritou Snufkin, instigando sua nuvem a avançar. Mas Miss Snob, esperta, desviou para o lado e o atacou, vindo de baixo.

A nuvem de Snufkin virou de cabeça para baixo: ele caiu no canteiro de flores, e seu chapéu cobriu seus olhos.

– Terceira rodada! – gritou Sniff, que era o juiz e voava um pouco acima dos outros. – Está 2 x 1. Preparar, apontar, já!

– Vamos dar uma volta, voando juntos? – perguntou Moomin a Miss Snob.

– Claro – ela respondeu, subindo sua nuvem até a dele. – Aonde podemos ir?

– Vamos procurar Hemulen e fazer uma surpresa pra ele – sugeriu Moomin.

Fizeram um tour pelo jardim, mas Hemulen não estava em nenhuma de suas tocas usuais.

– Ele não pode ter ido longe – disse Miss Snob. – Na última vez que o vi, estava organizando seus selos.

– Mas isso foi há seis meses – disse Moomin.

– Ah, é verdade – ela concordou. – A gente dormiu desde então, não é?

– Por falar nisso, você dormiu bem? – perguntou Moomin.

Miss Snob fez um voo elegante sobre o topo de uma árvore e pensou um pouco, antes de responder.

– Tive um sonho horrível – disse, finalmente. – Com um homem mau, com um chapéu preto e alto, que sorria pra mim.

– Que engraçado – disse Moomin. – Tive exatamente o mesmo sonho. Ele estava com luvas brancas também?

Miss Snob balançou a cabeça, concordando. Deslizando devagar pela floresta, os dois refletiram sobre o assunto por um tempo. De repente, viram Hemulen perambulando por ali, com as mãos para trás e olhando para o chão. Moomin e Miss Snob fizeram um perfeito pouso de três pontos, ao lado dele, e gritaram, animados:

– Bom dia!

– Ai! Oh! – suspirou Hemulen. – Vocês me assustaram! Não deviam saltar sobre mim de repente, desse jeito.

– Oh, desculpe – disse Miss Snob. – Olhe o que estamos cavalgando.

– Isso é extraordinário – exclamou Hemulen. – Mas estou tão acostumado com vocês fazendo coisas extraordinárias, que nada me surpreende mais. Além disso, estou me sentindo triste agora.

– Por quê? – perguntou Miss Snob, preocupada. – Em um dia tão lindo!

– Vocês não iam entender, de qualquer jeito – disse Hemulen, balançando a cabeça.

– A gente tenta – disse Moomin. – Você perdeu um selo raro de novo?

– Não, pelo contrário – respondeu Hemulen, sombrio. – Todos estão lá: cada um deles. Minha coleção de selos está completa. Nada sumiu.

– Bem, isso não é bom? – disse Miss Snob, tentando animá-lo.

– Eu disse que vocês nunca entenderiam, não foi? – lamentou-se Hemulen.

Moomin olhou ansioso para Miss Snob, e eles recuaram um pouco as nuvens, em consideração à tristeza de Hemulen, que continuou andando. Os dois esperaram, respeitosos, que abrisse seu coração.

Finalmente, ele desabafou:

– É tudo tão sem sentido! – E depois de outra pausa, acrescentou: – Qual é a finalidade? Vocês podem usar meus selos na próxima corrida de trilha de papel.

– Mas, Hemulen! – exclamou Miss Snob, horrorizada. – Isso seria terrível! Sua coleção de selos é a mais maravilhosa do mundo!

– É exatamente isso – disse Hemulen, desesperado. – Acabou. Não há um selo ou erro de impressão que eu não tenha colecionado. O que vou fazer agora?

– Acho que estou começando a entender – disse Moomin, devagar. – Você não é mais um colecionador, só um proprietário, e isso está longe de ser divertido.

– Isso mesmo – disse Hemulen, com o coração partido. – Bem longe...

Parou e levantou o rosto enrugado para eles.

– Querido Hemulen – disse Miss Snob, segurando delicadamente a mão dele –, tenho uma ideia: e se você começasse a colecionar algo diferente, algo novo?

– É uma boa ideia – admitiu Hemulen, mas continuou com o olhar preocupado, porque pensou que não deveria parecer feliz depois de tanta tristeza.

– Borboletas, por exemplo – sugeriu Moomin.

– Impossível – respondeu Hemulen, e voltou a ficar sombrio. – Um de meus primos de segundo grau coleciona borboletas, e eu não o suporto.

– Estrelas de filme, então? – perguntou Miss Snob.

Hemulen só bufou.

– Ornamentos? – sugeriu Moomin, esperançoso. – Eles nunca acabam.

Mas Hemulen rejeitou essa ideia também.

– Bem, então realmente não sei – disse Miss Snob.

– Vamos pensar em alguma coisa pra você – disse Moomin, tentando consolá-lo. – Com certeza, mamãe vai saber o quê. Por sinal, você viu Muskarato?

– Ainda está dormindo – respondeu Hemulen, triste. – Diz que é desnecessário acordar tão cedo, e acho que tem razão.

E, com isso, continuou suas andanças solitárias, enquanto isso, Moomin e Miss Snob guiaram suas nuvens para cima do topo das árvores e ficaram por lá, balançando devagar sob a luz do Sol e conversando sobre a nova coleção de Hemulen.

– Que tal conchas? – Miss Snob propôs.
– Ou botões raros? – sugeriu Moomin.

Mas o calor os deixou sonolentos e não os ajudou a pensar; então, eles se deitaram nas nuvens e olharam para o céu de primavera, onde cantavam os passarinhos.

De repente, avistaram a primeira borboleta. (Como todos sabem, se a primeira borboleta que você vê é amarela, o verão será feliz. Se é branca, você só terá um verão tranquilo. Borboletas pretas e marrons nunca deveriam ser mencionadas: são tristes demais.)

Mas essa borboleta era dourada.

– O que isso pode significar? – perguntou Moomin. – Nunca tinha visto uma borboleta dourada.

– Dourado é ainda melhor do que amarelo – respondeu Miss Snob. – Espere e verá!

Quando chegaram em casa para jantar, encontraram Hemulen na escada. Ele brilhava, de tão feliz.

– Então? – perguntou Moomin. – O que houve?

– Estudo da natureza! – gritou Hemulen. – Vou estudar as plantas. Snork pensou nisso. Vou montar o mais completo herbário! – E abriu a barra de seu vestido,* forrando o chão para mostrar seu primeiro achado. Entre terra e folhas, havia uma cebolinha miúda.

---

* Hemulen sempre usava um vestido que tinha herdado de sua tia. Acredito que todos os hemulens usam vestidos. Parece estranho, mas é assim. *A autora*.

– Gagea lutea – disse Hemulen, orgulhoso. – Número 1 da coleção. Um espécime perfeito – e entrou em casa, despejando a coisa toda sobre a mesa de jantar.

– Ponha no canto, Hemul querido – pediu Moomin Mãe. – Preciso colocar a sopa aí. Todo mundo já chegou? Muskarato ainda está dormindo?

– Como um porco – respondeu Sniff.

– Vocês se divertiram hoje? – perguntou Moomin Mãe, depois de encher todos os pratos.

– Demais! – a família inteira gritou.

◎　◎　◎

Na manhã seguinte, quando Moomin foi até a cabana de madeira para soltar as nuvens, elas tinham desaparecido. E ninguém imaginou que isso tinha alguma coisa a ver com a casca de ovo, que estava de volta ao fundo do chapéu de Hobgoblin.

CAPÍTULO 2

No qual Moomin sofre uma mudança inesquecível e se vinga da Formiga-leão, e como Moomin e Snufkin partem em uma expedição noturna secreta.*

Em um dia quente de verão, chovia fraco no Vale dos Moomins. Todos resolveram, então, brincar de esconde-esconde dentro de casa. Sniff ficou em pé no canto, com o nariz nas patas, e contou até dez, antes de se virar e começar a procurar – primeiro nos lugares óbvios, depois nos mais improváveis.

---

* Caso você não saiba, formigas-leão (*ant-lion*) são insetos astutos, que se enterram na areia, deixando um pequeno buraco redondo sobre eles. Por esse buraco, pequenos animais distraídos caem e são capturados pelas formigas-leão, que surgem do fundo do buraco e os devoram. Se você não acredita em mim, pode ler sobre elas na internet. *A autora.*

Moomin deitou-se debaixo da mesa da varanda, sentindo-se bastante preocupado: não era um bom lugar. Com certeza, Sniff levantaria a toalha de mesa, e o veria lá, imóvel. Olhou ao redor e avistou o chapéu alto e preto num canto. Aquela era uma ótima ideia! Sniff nunca pensaria em olhar debaixo do chapéu. Moomin andou rápido até o canto, puxou o chapéu e pôs na cabeça. Cobriu apenas metade de seu corpo, mas, se ele se encolhesse bastante e escondesse o rabo, ficaria bem invisível. Ria sozinho, enquanto ouvia os outros sendo encontrados, um depois do outro. Hemulen – claro – tinha se escondido de novo debaixo do sofá: nunca conseguia achar um lugar melhor. E, agora, todos corriam pela casa, tentando encontrar Moomin.

Ele esperou bastante, até que ficou com medo de os outros se entediarem com a busca. Então, arrastou-se para fora do chapéu, enfiou a cabeça pela porta e disse:

– Vejam, estou aqui!

Sniff olhou para ele por um longo tempo e depois disse, grosseiro:

– Olhem só pra ele!

– Quem é esse? – sussurrou Snork, mas os outros só balançaram a cabeça e continuaram a olhar fixamente para Moomin.

Coitado do pobrezinho! Debaixo do chapéu de Hobgoblin, tinha se transformado em um animal realmente muito estranho. Todas as suas partes gordinhas tinham ficado magras, e tudo que era pequeno tinha ficado grande. E a coisa mais esquisita era que ele mesmo não percebia o que estava acontecendo.

– Não importa – disse Snork –, mas, com certeza, você é feio o suficiente para assustar qualquer um.

– Você está sendo mal educado – disse Moomin, triste. – Acho que se cansou de procurar. O que vamos fazer agora?

– Primeiro, talvez você devesse se apresentar. – sugeriu Miss Snob, firme. – Não sabemos quem você é, certo?

Moomin olhou para ela sem acreditar, mas logo ficou claro que se tratava de uma nova brincadeira. Ele riu, contente, e disse:

– Sou o rei da Califórnia!

– E eu sou Miss Snob. Esse é meu irmão.

– Meu nome é Sniff.

– Eu sou Snufkin.

– Credo! Como vocês são sem graça! – reclamou Moomin. – Não podiam ter pensado em alguma coisa mais original? Vamos lá pra fora. Acho que o tempo está limpando. – E desceu os degraus até o jardim, seguido pelo trio bastante surpreso e desconfiado.

– Quem é aquele? – perguntou Hemulen, que estava sentado em frente à casa, contando as pétalas de um girassol.

– É o rei da Califórnia, eu acho – respondeu Miss Snob.

– Ele vai morar aqui? – perguntou Hemulen.

– É o Moomin que decide – respondeu Sniff. – Onde será que ele está?

Moomin riu.

– Vocês são muito engraçados, às vezes – disse. – Vamos procurar Moomin?

– Você o conhece? – perguntou Snufkin.

– Sim – respondeu Moomin. – Muito bem, pra dizer a verdade. – Estava adorando a nova brincadeira, e pensou que estava se saindo bastante bem nela.

– Como o conheceu? – perguntou Miss Snob.

– Nascemos na mesma hora – respondeu Moomin, ainda morrendo de rir. – Mas ele é impossível, você sabe! Não dá pra conviver com ele!

– Como você se atreve a falar assim de Moomin? – disse Miss Snob, brava. – Ele é o melhor moomin do mundo, e nós o adoramos.

Isso foi demais para Moomin.

– Mesmo? – disse. – Pessoalmente, acho que ele é uma verdadeira peste.

Miss Snob começou a chorar.

– Vá embora! – disse Snork para Moomin. – Senão, vamos ter de sentar em sua cabeça.

– Está bem, está bem – disse Moomin, tentando acalmá-lo. – É só uma brincadeira, claro! Fico muito feliz que gostem tanto de mim.

– Mas não gostamos! – gritou Sniff, estridente. – Tirem daqui esse rei feio, que fala mal de nosso Moomin.

E os três se jogaram sobre o pobre Moomin. Ele ficou tão surpreso que não conseguiu se defender, e, quando começou a ficar com raiva, já era tarde. Quando Moomin Mãe apareceu na escada, ele estava deitado debaixo de uma pilha de patas e rabos agitados.

– O que estão fazendo aí, crianças? – ela gritou. – Parem de brigar agora!

– Eles estão batendo no rei da Califórnia – fungou Miss Snob. – E é bem feito.

Moomin se arrastou para fora da confusão, cansado e com raiva.

– Mãe! – gritou –, eles começaram. Três contra um! Não é justo!

– Concordo – disse Moomin Mãe, séria. – Porém, você deve tê-los provocado. Mas quem é você, minha pequena criatura?

– Ah, por favor, parem com essa brincadeira horrível – gemeu Moomin. – Não tem mais graça. Eu sou Moomin, e você é minha mãe. E é isso!

– Você não é o Moomin – disse Miss Snob, com desprezo. – O Moomin tem lindas orelhas, e as suas parecem descansos de panela!

Moomin se sentiu muito confuso e pôs as mãos nas enormes orelhas enrugadas.

– Mas eu sou Moomin! – exclamou, desesperado. – Vocês não acreditam?

– O Moomin tem um rabinho bonito, do tamanho certo, e o seu parece uma escova de limpar chaminé – disse Snork.

E, nossa, era verdade! Moomin se apalpou atrás, com a pata tremendo.

– Seus olhos parecem pratos de sopa – disse Sniff. – Os de Moomin são pequenos e amáveis!

– Verdade – concordou Snufkin.

– Você é um impostor – concluiu Hemulen.

– Nenhum de vocês acredita em mim? – implorou Moomin. – Olhe pra mim, mãe. Você tem de reconhecer seu próprio Moomin.

Moomin Mãe olhou-o com atenção. Olhou por um longo tempo dentro daqueles olhos amedrontados e disse, em voz baixa:

– Sim, você é meu Moomin – e, nesse exato momento, Moomin começou a se transformar. Suas orelhas, olhos e rabo começaram a diminuir, e o nariz e a barriga cresceram, até que finalmente ele voltou a ser o velho Moomin de sempre.

– Está tudo bem agora, querido – disse Moomin Mãe. – Viu? Eu sempre o reconhecerei, não importa o que aconteça.

Um pouco mais tarde, Moomin e Snork estavam sentados em um de seus esconderijos secretos – debaixo do arbusto de jasmim, que ficava escondido por uma cortina de folhas verdes.

– É, mas você deve ter feito alguma coisa pra se transformar – disse Snork. Moomin balançou a cabeça.

– Não notei nada fora do comum. E também não falei nenhuma palavra perigosa.

– Mas talvez você tenha pisado em um círculo das fadas – sugeriu Snork.

– Não que eu saiba – disse Moomin. – Fiquei o tempo todo sentado debaixo daquele chapéu preto que a gente usa como cesto de papel.

– Naquele chapéu? – perguntou Snork, desconfiado.

Moomin balançou a cabeça, concordando, e os dois ficaram pensando por um longo tempo. De repente, exclamaram, juntos:

– Deve ser... – e se olharam.

– Vamos! – disse Snork.

Foram para a varanda e andaram na ponta dos pés, com muito cuidado, até o chapéu.

– Parece bem normal – disse Snork. – A não ser, claro, que você ache que uma cartola é sempre, de alguma maneira, extraordinária.

– Mas como podemos descobrir se foi isso mesmo? – perguntou Moomin. – Não vou entrar aí de novo!

– Talvez a gente consiga enganar alguém pra entrar lá – sugeriu Snork.

– Mas isso ia ser um golpe baixo – disse Moomin. – Como a gente ia saber se a pessoa voltaria a ficar bem?

– Que tal um inimigo? – sugeriu Snork.

– Hum... – disse Moomin. – Você conhece algum?

– O Porco-glutão – disse Snork.

Moomin balançou a cabeça, sem gostar da ideia.

– Ele é grande demais.

– Bem, e a Formiga-leão, então? – sugeriu Snork.

– É uma boa ideia – concordou Moomin. – Uma vez, ela puxou minha mãe para um buraco e jogou areia em seus olhos.*

Os dois partiram para procurar a Formiga-leão, levando um grande jarro. Os melhores lugares para procurar buracos de formigas-leão são os que têm areia; eles foram, então, para a praia. Não demorou muito, e Snork encontrou um buraco grande e redondo; ansioso, fez sinal para Moomin.

– Aqui tem um! – sussurrou Snork. – Mas como vamos atraí-la pra dentro do jarro?

– Deixe comigo – sussurrou Moomin.

Pegou o jarro e o enterrou na areia a uma certa distância, com a abertura para cima. Em seguida, falou bem alto:

– São criaturas muito fracas, essas formigas--leão! – fez um sinal para Snork, e os dois olharam esperançosos para o buraco; mas, apesar de a areia ter se movido um pouco, não viram nada.

– Muito fracas! – repetiu Moomin. – Elas demoram horas pra se enterrar na areia, sabe?

– Sei, mas... – disse Snork, duvidando.

– Sério, estou falando – disse Moomin, fazendo sinais agitados com as orelhas. – Muitas horas!

Nesse momento, uma cabeça furiosa, com olhos arregalados, surgiu do buraco na areia.

---

* Aconteceu em *Os Moomins e o dilúvio*. (N. E.)

— Você falou fraca? — chiou a Formiga-leão. — Consigo me enterrar na areia em exatamente três segundos!

— Você deveria nos mostrar como faz isso, pra gente acreditar que uma proeza tão maravilhosa seja possível — disse Moomin, persuasivo.

— Vou jogar areia em vocês — respondeu a Formiga-leão, com muita raiva. — E, depois de enterrá-los em meu buraco, vou devorá-los!

— Oh, não — suplicou Snork. — Em vez disso, você não poderia nos mostrar como cavar para trás em três segundos?

— Faça ali, assim veremos melhor como é — disse Moomin, e apontou para o lugar onde a jarra estava enterrada.

— Vocês acham que vou me dar o trabalho de mostrar truques pra bebês? — disse a Formiga-leão, irritada.

Mas, ao mesmo tempo, ela simplesmente não conseguia resistir à tentação de mostrar o quanto era forte e rápida. Assim, fungando com desprezo, saiu do buraco e perguntou, orgulhosa:

— Então, onde querem que eu cave?

– Ali – disse Moomin, apontando.

A Formiga-leão empinou os ombros e levantou a juba de um jeito aterrorizante.

– Saiam do caminho! – gritou. – Agora vou pro subterrâneo, mas, quando voltar, vou devorar vocês dois! Um, dois, três! – E se enfiou na areia, girando como uma hélice, direto para dentro da jarra escondida logo abaixo dela. Com certeza, só levou três segundos, talvez até dois e meio, pois estava muito faminta.

– Rápido, a tampa! – gritou Moomin, e, limpando a areia, ele e Snork colocaram a tampa bem firme. Depois levantaram e rolaram a jarra para casa, com a Formiga-leão lá dentro, gritando e xingando e engasgando com areia.

– Está dando medo o tanto que ela está brava – comentou Snork. – Nem quero pensar no que vai acontecer quando ela sair.

– Ela não vai sair agora – retrucou Moomin –, e, quando sair, espero que esteja transformada em alguma coisa horrível.

Quando chegaram em casa, Moomin assoviou três vezes, chamando todos. (Esse assovio significa: algo extraordinário aconteceu.)

Os outros vieram de todas as direções e se reuniram ao redor da jarra bem tampada.

– O que vocês têm aí? – perguntou Sniff.

– Uma formiga-leão – contou Moomin, orgulhoso. – Uma genuína formiga-leão, furiosa e atacada, que capturamos como prisioneira!

— Que corajosos! – disse Miss Snob com admiração.

— E agora acho que vamos jogá-la dentro do chapéu – disse Snork.

— Para que ela se transforme, como eu me transformei – completou Moomin.

— Alguém pode me dizer o que significa tudo isso? – perguntou Hemulen, pesaroso.

— Foi porque me escondi lá que me transformei – explicou Moomin. – A gente descobriu que foi. E agora, vamos confirmar vendo se a Formiga-leão também vai se transformar em alguma outra coisa.

— M...mas... mas ela pode se transformar em qualquer coisa! – chiou Sniff. – Pode se transformar em algo ainda mais perigoso do que uma formiga-leão e devorar todos nós em um minuto.

Ficaram todos em silêncio, aterrorizados, olhando para o jarro e ouvindo os sons abafados vindos lá de dentro.

— Oh! – exclamou Miss Snob, muito pálida,* mas Snufkin sugeriu que, enquanto a mudança ocorria, todos se escondessem debaixo da mesa, e colocassem um livro pesado sobre o chapéu.

— É sempre preciso correr riscos, quando fazemos experiências – explicou Snufkin. – Vamos colocar a formiga lá dentro de uma vez!

---

* Miss Snob e seu irmão, Snork, normalmente ficam pálidos, quando estão emocionalmente perturbados. *A autora.*

Sniff se arrastou para debaixo da mesa, enquanto Moomin, Snufkin e Hemulen seguravam a jarra sobre o chapéu de Hobgoblin e Snork desatarraxava a tampa com cuidado. Em uma nuvem de areia, a formiga-leão caiu dentro do chapéu, e, rápido como um raio, Snork pôs um grosso dicionário em cima. Depois, os quatro correram para debaixo da mesa e esperaram.

No começo, nada aconteceu.

A turma levantou a toalha de mesa para dar uma olhada; estavam cada vez mais agitados. Mas nenhuma mudança tinha ocorrido.

– Era bobagem... – comentou Sniff, mas naquele exato momento o grande dicionário começou a se enrugar; e tomado pela ansiedade, Sniff mordeu o dedão de Hemulen, achando que era o próprio.

O dicionário se enrolava cada vez mais. As páginas viraram folhas murchas, e as palavras saíram delas e começaram a rastejar pelo chão.

– Minha nossa! – exclamou Moomin.

Mas ainda havia mais coisas para acontecer. Da aba do chapéu, começou a pingar água, que transbordou e se esparramou pelo carpete até que as palavras tiveram de escalar as paredes para se salvar.

– A formiga-leão se transformou só em água – disse Snufkin, decepcionado.

– Acho que isso é a areia – sussurrou Snork. – A Formiga-leão ainda vai aparecer.

Esperaram de novo, por um tempo infinitamente longo. Miss Snob escondia o rosto no colo de Moomin, e Sniff choramingava de medo. Até que, de repente, na beirada do chapéu, apareceu o menor ouriço do mundo. Ele inspirou o ar e piscou; estava descabelado e molhado.

Por alguns segundos, houve um silêncio mortal. Depois Snufkin começou a rir, e em pouco tempo estavam todos rolando de gargalhar debaixo da mesa. Todos, com exceção de Hemulen, que não se juntou à diversão. Ele olhou surpreso para os amigos e disse:

– Nós esperávamos que a formiga-leão se transformasse, certo? Gostaria de entender por que vocês sempre agem como se tudo fosse uma coisa do outro mundo.

Enquanto isso, o pequeno ouriço, cerimonioso e um pouco triste, tinha caminhado até a porta e descido os degraus. A água tinha parado de correr, e agora enchia a varanda como uma lagoa. E todo o teto estava coberto por palavras.

Quando contaram a história toda para Moomin Pai e Moomin Mãe, eles acharam tudo muito sério e decidiram que o chapéu de Hobgoblin deveria ser destruído. Ele, então, foi levado com cuidado até o rio e jogado na água.

– Lá se vão as nuvens e as mudanças mágicas – disse Moomin Mãe, enquanto observavam o chapéu deslizar para longe.

– As nuvens eram divertidas – disse Moomin, bastante abatido. – Ficaria feliz em tê-las de volta.

– E a inundação e as palavras também, imagino – disse Moomin Mãe, irritada. – Olhe pra varanda! Não faço ideia do que vou fazer com essas palavrinhas rastejantes. Elas estão por toda parte, bagunçando a casa inteira.

– Mas as nuvens eram divertidas, de qualquer jeito – repetiu Moomin, persistente.

Naquela noite, ele não conseguiu dormir: ficou deitado, olhando para a noite clara de junho, cheia de sussurros e ruídos solitários e barulhos de passos. O ar estava doce com o cheiro de flores.

Snufkin ainda não estava em casa. Em noites como aquela, ele normalmente vagava sozinho com sua gaita, mas dessa vez não se ouvia música. Provavelmente, ele estava em uma viagem de descoberta e logo armaria sua barraca às margens do rio, recusando-se a dormir dentro de casa. Moomin suspirou. Sentia-se triste, mas não sabia por quê.

Nesse momento, um assovio fraco veio do jardim. O coração de Moomin saltou, e ele foi na ponta dos pés até a janela e olhou para fora. O assovio significava "segredos!". Snufkin estava esperando debaixo da escada de corda.

– Você consegue guardar um segredo? – sussurrou, quando Moomin chegou lá embaixo, na grama.

Moomin concordou com a cabeça, ansioso; Snufkin se inclinou na direção dele e sussurrou de novo:

– O chapéu flutuou até parar em um banco de areia mais pra baixo no rio. O que você acha? – perguntaram as sobrancelhas de Snufkin, e as orelhas de Moomin abanaram um grande "sim!".

No minuto seguinte, já estavam se arrastando como sombras pelo jardim molhado de orvalho, na direção do rio.

– Sabe, realmente é nosso dever salvar o chapéu, porque toda a água que passa por ele fica vermelha – comentou Snufkin. – As pessoas que vivem ao longo do rio vão ficar apavoradas com toda essa água horrorosa.

– A gente devia ter pensado que alguma coisa assim iria acontecer – retrucou Moomin.

Sentia-se orgulhoso por estar andando assim, ao lado de Snufkin, no meio da noite. Snufkin sempre fazia suas andanças noturnas sozinho.

– Está em algum lugar por aqui – Snufkin anunciou. – Ali está a faixa escura na água. Está vendo?

– Não muito bem – respondeu Moomin, que estava cambaleando pelo caminho, quase no escuro. – Não tenho visão noturna como você.

– Estou pensando em como vamos fazer pra pegá-lo – disse Snufkin, olhando para o rio. – Que pena que seu pai não tem um barco!

Moomin hesitou.

– Eu nado muito bem... Bom, se a água não estiver muito fria – explicou.

– Você não teria coragem! – exclamou Snufkin.

– Claro que teria! – retrucou Moomin, sentindo-se muito corajoso, de repente. – Onde ele está, afinal?

– Ali, do outro lado – mostrou Snufkin. – Logo você vai tocar o fundo do banco de areia. Mas tome cuidado pra não enfiar o pé dentro do chapéu. Segure na copa dele.

Moomin escorregou para a água morna e nadou cachorrinho rio adentro. A correnteza estava forte, e, por um instante, ele se sentiu um pouco assustado. Em seguida, viu o banco de areia com alguma coisa em cima, e, guiando com o rabo, logo sentiu a areia sob seus pés.

– Está tudo bem? – perguntou Snufkin da margem, e Moomin deu um gemido como resposta, enquanto subia no banco de areia.

Havia uma corrente de água escura saindo do chapéu e indo para o rio: era a água vermelha. Moomin enfiou a mão nela e lambeu com cuidado.

– Minha nossa – murmurou. – É suco de framboesa! Pense bem! De agora em diante, a gente vai poder ter o tanto de suco de framboesa que quiser: é só encher o chapéu de água.

E seu grito de guerra, "Ih-huu!", foi ouvido, do outro lado do rio, por Snufkin, que berrou de volta, sem paciência:

– E então, já pegou?

– Ah, já! – Moomin respondeu, entrando na água de novo, com o rabo amarrado firmemente em torno do chapéu de Hobgoblin.

É difícil nadar contra a correnteza com um chapéu pesado se arrastando atrás de você, e, quando Moomin se esforçou para subir à margem, estava extremamente cansado.

– Aqui está – ele suspirou, orgulhoso.

– Ótimo! – disse Snufkin. – Mas, agora, o que vamos fazer com isso?

– Bom, não podemos guardá-lo lá em casa – disse Moomin. – Nem no jardim. Alguém pode encontrá-lo.

Por fim, decidiram pela caverna, mas sem contar o segredo para Sniff (apesar de, na verdade, ser a caverna dele...), porque ele era uma pessoa muito pequena para um segredo tão grande.

– Sabe – disse Moomin, sério –, é a primeira vez que fazemos alguma coisa que não podemos contar pra mamãe e papai.

Snufkin pegou o chapéu e começou a voltar, margeando o rio; quando chegaram à ponte, parou de repente.

– O que foi? – perguntou Moomin, alarmado.

– Canários! – Snufkin exclamou. – Três canários amarelos lá na ponte. Que estranho vê-los ali, à noite.

– Não sou um canário – piou o pássaro que estava mais perto. – Sou um peixe!

– Somos peixes respeitáveis, todos os três! – tagarelou outro.

Snufkin coçou a cabeça.

– Pronto. Viu o que o chapéu está aprontando? – perguntou. – Esses três peixes estavam nadando dentro dele, tenho certeza, e foram transformados. Venha! Vamos direto pra caverna esconder este chapéu!

Moomin seguiu Snufkin de perto, enquanto atravessavam o bosque. Ouviam-se barulhos e sussurros dos dois lados do caminho, e era quase assustador. Às vezes, pequenos olhos brilhantes miravam os dois, por trás das árvores, e, aqui e ali, os chamavam do chão ou dos galhos.

– Que noite linda! – Moomin ouviu uma voz logo atrás dele.

– Linda mesmo – respondeu, corajoso.

E, sorrateira, uma pequena sombra passou por ele no crepúsculo.

Na praia estava mais claro. Uma luz pálida e azul brilhava no mar e no céu, e ao longe os pássaros cantavam seus prantos solitários. A noite já tinha acabado. Snufkin e Moomin carregaram o chapéu de Hobgoblin para a caverna e o puseram, com a abertura para baixo, no canto mais escuro, para que nada pudesse cair dentro dele.

– Agora, já fizemos tudo o que podíamos – disse Snufkin. – Imagine se a gente conseguisse pegar aquelas cinco nuvenzinhas de volta!

– É mesmo! – concordou Moomin, que estava de pé na abertura da caverna, olhando para o mar. – Apesar de que duvido que alguma coisa pudesse ser mais bonita do que essa paisagem agora.

CAPÍTULO 3

No qual Muskarato passa por uma experiência horrível, como a família Moomin descobre a Ilha dos Amperinos, de onde Hemulen escapa por um triz, e como eles sobrevivem à grande tempestade.

Na manhã seguinte, Muskarato saiu, como sempre, com seu livro, para deitar-se na rede; tinha acabado de se acomodar quando a corda arrebentou, e ele caiu no chão.

– Imperdoável! – exclamou Muskarato, desenrolando a corda das pernas.

– Oh, meu amigo – lamentou Moomin Pai, que estava regando seus pés de tabaco. – Espero que não tenha se machucado.

– Não é isso – respondeu Muskarato, sombrio, mordendo os bigodes. – Por mim, o mundo pode se partir, e fogo descer dos céus – esse tipo de coisa não me perturba –, mas não gosto de ser posto em uma situação ridícula. Não é digno de um filósofo!

– Mas eu fui o único que viu o que aconteceu – protestou Moomin Pai.

– Já é ruim o suficiente! – respondeu Muskarato. – Você vai se lembrar de tudo a que já fui exposto em sua casa! No ano passado, por exemplo, um cometa caiu sobre nós.* Não foi nada. Mas, como você talvez se lembre, eu me sentei na fôrma de chocolate de sua esposa. Foi o mais profundo insulto à minha dignidade! E às vezes seus convidados põem escovas de cabelo em minha cama – uma piada particularmente sem graça. Sem falar em seu filho, Moomin...

– Eu sei, eu sei – interrompeu Moomin Pai, muito triste. – Mas não há paz nesta casa... E, às vezes, cordas ficam velhas com o tempo, você sabe.

– Mas não deviam – disse Muskarato. – Se eu tivesse morrido, claro, não teria importância. Mas imagine se seus JOVENS me tivessem visto! Agora, no entanto, pretendo retirar-me para um lugar deserto e viver uma vida de solidão e paz, abrir mão de tudo. Decidi de uma vez por todas.

Moomin Pai estava impressionado.

– Oh! – ele disse. – Pra onde você vai?

---

* Referência ao livro *Um cometa na terra dos Moomins*. (N. E.)

– Pra caverna – respondeu Muskarato. – Lá, ninguém vai interromper meus pensamentos com piadas bobas. Você pode levar comida pra mim, duas vezes por dia. Mas não antes de 10 horas da manhã.

– Está bem – concordou Moomin Pai, fazendo uma reverência. – E devemos levar algum móvel também?

– Sim, vocês podem fazer isso – respondeu Muskarato, mais gentil. – Mas coisas muito simples. Sei que você tem boas intenções, mas essa sua família é demais pra mim.

E, assim, Muskarato pegou seu livro e seu tapete e partiu devagar na direção das colinas. Moomin Pai suspirou e continuou a regar seus pés de tabaco; logo, tinha se esquecido de tudo aquilo.

Quando chegou à caverna, Muskarato ficou muito contente. Desenrolou o tapete no chão arenoso, sentou-se sobre ele e começou a pensar. Continuou assim por mais ou menos duas horas. Tudo estava tranquilo e em paz, e, por uma fresta no teto, o sol brilhava levemente em seu esconderijo. De vez em quando, Muskarato se movia um pouco para seguir o sol.

"Aqui, ficarei para sempre", pensou. "Como é desnecessário ficar correndo por aí e batendo papo, construir uma casa e cozinhar e colecionar posses!" Olhou feliz ao redor de sua nova casa, e avistou o chapéu de Hobgoblin, que Moomin e Snufkin tinham escondido no canto mais escuro.

– O cesto de papel – disse Muskarato. – Ah, então é aqui que ele está. Bem, será bastante útil.

Ele refletiu por mais um tempo e depois decidiu dormir um pouco. Enrolou-se em um cobertor e pôs a dentadura dentro do chapéu, para que ela não se enchesse de areia. E dormiu tranquilo e feliz.

Na casa dos Moomins, comeram panquecas no almoço: grandes panquecas amarelas com geleia de framboesa. Também havia mingau do dia anterior, mas ninguém quis, e resolveram deixá-lo para a manhã seguinte.

– Hoje, estou com vontade de fazer algo diferente – disse Moomin Mãe. – O fato de termos nos livrado daquele terrível chapéu tem de ser comemorado! Além disso, é cansativo ficar sempre plantada no mesmo lugar.

– Verdade, minha querida! – disse Moomin Pai. – Vamos fazer uma excursão, o que acham?

– Já fomos a todos os lugares. Não há nenhum lugar novo – disse Hemulen.

– Mas tem de haver – respondeu Moomin Pai. – E, se não houver, inventaremos um. Parem de comer agora, crianças: vamos levar a comida conosco.

– Podemos comer o que já está em nossas bocas? – perguntou Sniff.

– Não seja bobo, querido – respondeu Moomin Mãe. – Juntem tudo o que quiserem levar, rápido, porque Papai quer que a gente saia logo. Mas não peguem nada desnecessário. Vamos escrever um bilhete para Muskarato, assim ele saberá onde estamos.

– Puxa vida! – exclamou Moomin Pai, pondo a mão na testa. – Tinha me esquecido completamente! Nós tínhamos de ter levado comida e mobília pra ele na caverna!

– Na caverna? – gritaram Moomin e Snufkin ao mesmo tempo.

– É. A corda da rede arrebentou – explicou Moomin Pai –, então Muskarato disse que não conseguia pensar mais e que ia abrir mão de tudo. Vocês colocaram escovas na cama dele, e não sei mais o quê. E ele foi embora pra caverna.

Moomin e Snufkin ficaram brancos e se olharam, horrorizados. "O chapéu!", pensavam.

– Bem, não tem muita importância – disse Moomin Mãe. – Vamos fazer uma excursão para a praia e, no caminho, entregamos a comida a Muskarato.

– A praia é tão comum! – resmungou Sniff. – Não podemos ir a outro lugar?

– Fiquem quietas, crianças! – disse Moomin Pai, severo. – Mamãe quer ir nadar. Agora, venham!

Moomin Mãe correu para arrumar as coisas. Juntou toalhas, panelas, casca de bétula,* um pote de café, montes de comida, protetor solar, fósforos e tudo com o qual, no qual ou do qual a gente pode comer. Pôs tudo em sua sacola, junto com uma sombrinha, um batedor de ovos, roupas quentes, remédio para dor de barriga, almofadas, uma rede para mosquitos, roupas de banho e uma toalha de mesa. Corria para lá e para cá, quebrando a cabeça para não esquecer nada; finalmente, disse:

---

* Casca de bétula é a melhor coisa para fazer fogo, e a gente deve estar preparada para qualquer emergência em uma excursão. A *autora*.

– Bom, está tudo pronto! Ah, que delícia vai ser descansar à beira do mar!

Moomin Pai pegou seu cachimbo e a vara de pescar.

– Estão todos prontos? – perguntou. – E têm certeza de que não se esqueceram de nada? Está certo, vamos!

Partiram em fila indiana na direção da praia. Por último, ia Sniff, arrastando seis pequenos barcos de brinquedo.

– Você acha que Muskarato descobriu alguma coisa? – sussurrou Moomin para Snufkin.

– Espero que não! Mas estou um pouco nervoso!

Naquele momento, o grupo parou tão de repente, que Hemulen quase levou uma varada no olho.

– Quem gritou? – Moomin Mãe exclamou, alarmada.

O bosque inteiro tinha tremido com um berro selvagem, e alguém, ou algo, veio galopando pelo caminho na direção deles, rugindo com terror e raiva.

– Escondam-se! – gritou Moomin Pai. – Vem vindo um monstro! – Mas antes que alguém tivesse tempo de se mexer, o monstro chegou perto, e era Muskarato, com olhos arregalados e bigodes eriçados. Ele agitava as patas e soltava sons que ninguém conseguia entender, mas ficou claro que estava com muita raiva, ou assustado, ou com raiva porque estava assustado. Em seguida, virou o rabo e fugiu.

– O que será que aconteceu com Muskarato? – perguntou Moomin Mãe, preocupada. – Ele sempre foi tão calmo e respeitável!

– Ficar nesse estado só porque a corda da rede arrebentou?! – disse Moomin Pai, balançando a cabeça.

– Acho que ficou com raiva porque esquecemos de trazer a comida dele – sugeriu Sniff. – Agora, podemos ficar com ela pra gente.

Continuaram a caminho da praia, com os pensamentos um pouco perturbados. Mas Moomin e Snufkin saíram disfarçadamente na frente dos outros e cortaram caminho até a caverna.

– Não deveríamos atravessar a entrada, talvez a Coisa ainda esteja lá! – disse Snufkin. – Vamos subir até o topo e olhar pela fresta no teto.

Em silêncio, se arrastaram como índios na direção da abertura no teto e olharam para dentro da caverna. Lá estava o chapéu de Hobgoblin, e estava vazio. O tapete estava jogado em um canto, o livro, em outro. A caverna estava deserta. Mas, por todo lado, havia estranhas pegadas na areia, como se alguém tivesse dançado e pulado sobre ela.

– Não foram as patas de Muskarato que fizeram essas pegadas – afirmou Moomin.

– Acho que foram outras patas – retrucou Snufkin. – Isso está muito esquisito.

Os dois amigos desceram do topo da caverna e olharam ao redor, nervosos.

Mas nada de assustador aconteceu.

E eles nunca descobriram o que tinha assustado Muskarato tão terrivelmente, porque ele se recusou a falar sobre isso.*

Enquanto isso, os outros tinham chegado à praia. Estavam juntos, de pé, perto da água, falando alguma coisa e acenando com os braços.

– Eles encontraram um barco! – gritou Snufkin. – Corra! Vamos lá ver!

Era verdade. Era um lindo barco à vela – completo, com remos e equipamento de pesca –, pintado de branco e rosa!

– De quem será que ele é? – perguntou Moomin sem fôlego, quando alcançou os outros.

– De ninguém! – respondeu Moomin Pai, triunfante. – Foi trazido pela corrente até nossa praia, então temos o direito de ficar com ele como abandonado!

– Ele precisa de um nome! – gritou Miss Snob. – O Abibe não é bonito?

– O Abibe é você! – disse Snork, grosseiro. – Prefiro A Águia do Mar.

– Não, tem de ser em latim! – gritou Hemulen. – Moominates Maritima.

– Eu vi primeiro! – chiou Sniff. – Eu escolho o nome. Não seria divertido chamá-lo de Sniff? É pequeno e bonito.

---

* Se você quiser saber no que a dentadura de Muskarato se transformou, pergunte à sua mãe. Com certeza, ela sabe. *A autora.*

– Como você! Não concordo! – disse Moomin, zombando.

– Psiu, crianças! – mandou Moomin Pai. – Silêncio, silêncio! Claro que Mamãe vai escolher o nome. A excursão é dela.

Moomin Mãe corou um pouco.

– Ah, se eu pudesse... – ela disse, tímida. – Snufkin é tão criativo. Tenho certeza de que ele vai escolher um muito melhor.

Snufkin se sentiu lisonjeado.

– Bem! Não sei – disse ele. – Mas, pra falar a verdade, desde o começo eu tinha pensado que Lobo Vigilante seria bem legal.

– Nem vem! – disse Moomin. – Mamãe vai escolher.

– Está bem, queridos – disse Moomin Mãe. – Mas vocês não vão me achar boba ou antiquada, certo? Acho que o barco deveria ter um nome que lembrasse o que vamos fazer nele. Então, penso que Aventura seria um bom nome.

– Maravilha! – gritou Moomin. – Vamos batizá-lo! Você tem alguma coisa que possamos usar como garrafa de champanhe, Mamãe?

Moomin Mãe procurou em todas as suas cestas por uma garrafa de suco de framboesa.

– Oh, minha nossa, que triste! – exclamou. – Acho que esqueci o suco de framboesa.

– Bem, eu perguntei se vocês tinham pegado tudo, não foi, querida? – comentou Moomin Pai, com ar de superioridade. Todos se olharam, tristes.

Navegar em um barco que não tenha sido batizado de maneira correta pode trazer péssima sorte.

Mas Moomin teve uma ideia brilhante.

– Me dê uma panela – pediu. Depois a encheu com água do mar e carregou-a até a caverna e o chapéu de Hobgoblin. Quando voltou, entregou um pouco de suco de framboesa para o pai e disse: – Experimente!

Moomin Pai tomou um gole e pareceu gostar.

– Onde você conseguiu isso, menino? – perguntou.

Mas Moomin disse que era segredo, e eles encheram uma garrafa com o suco e a quebraram na proa do barco à vela, enquanto Moomin Mãe dizia, orgulhosa:

– Com isso, eu o batizo, agora e para sempre, Aventura.

Todos aplaudiram e, em seguida, carregaram as cestas, cobertas, sombrinha, vara de pescar, almofadas, panelas e roupas de banho para bordo, e a família Moomin e seus amigos saíram navegando no bravo mar verde.

Era um dia bonito. Talvez não tão claro, por causa de uma neblina dourada que cobria o Sol, mas o Aventura abriu suas velas brancas e avançou pelo mar em boa velocidade. As ondas batiam nos lados do barco, e o vento cantava, e as sereias e sereios dançavam ao redor da proa, enquanto pássaros brancos voavam lá no alto.

Sniff tinha amarrado seus seis barquinhos com uma linha, um atrás do outro, e agora toda a frota navegava no rasto do Aventura. Moomin Pai pilotava, e Moomin Mãe estava sentada, tirando uma soneca. Era raro ela ter tanta paz ao seu redor.

– Aonde podemos ir? – perguntou Snork.

– Vamos para uma ilha! – implorou Miss Snob. – Nunca fui a uma ilha.

– Pois irá agora – respondeu Moomin Pai. – Vamos desembarcar na primeira ilha que virmos.

Moomin estava sentado lá na frente, na proa, vigiando se havia recifes. Era tão maravilhoso olhar para as profundezas verdes e observar o Aventura cortar a espuma branca!

– Ih-huu! – gritou – Vamos para uma ilha!

Ao longe, ficava a Ilha Solitária dos Amperinos, cercada por recifes e rebentações. (Uma vez por ano, os Amperinos se reuniam lá, antes de partirem de novo em sua expedição sem fim, ao redor do mundo, em busca de comida. Eles vêm de toda parte, silenciosos e sérios, com seus pequenos rostos sem expressão. E por que fazem essa reunião anual é difícil dizer, já que não conseguem ouvir nem falar, e não têm objetivo na vida, a não ser a meta distante do final de sua jornada. Talvez gostem de ter um lugar onde se sintam em casa e possam descansar um pouco e encontrar amigos. A reunião anual é sempre em junho, e, assim, a família Moomin e os Amperinos chegaram à Ilha Solitária mais ou menos ao mesmo tempo...) Selvagem e atraente, ela surgia do mar coberta por rebentações brancas e coroada de árvores verdes, como se estivesse vestida para uma noite de festa.

– Terra à vista! – gritou Moomin, e todos se dependuraram na beirada do barco para olhar.

– Uma praia com areia! – gritou Miss Snob.

– E um bom porto! – gritou Moomin Pai, manejando o leme com cuidado para passar entre os recifes. O Aventura entrou fundo na areia, e Moomin pulou em terra firme com a corda para prender o barco.

Logo, a praia estava fervilhando. Moomin Mãe trouxe algumas pedras para fazer uma fogueira e esquentar as panquecas. Juntou madeira e esticou a toalha de mesa, com uma pedra em cada canto para ela não voar; arrumou todos os copos e enterrou o pote de manteiga na areia quente, à sombra de uma pedra, e, finalmente, arranjou um buquê de lírios no centro da mesa.

– Podemos ajudar com alguma coisa? – perguntou Moomin, quando tudo já estava pronto.

– Vocês podem explorar a ilha – respondeu a mãe (que sabia que era o que eles estavam doidos para fazer). – É importante saber onde desembarcamos. Pode ser perigoso, não é?

– Verdade – concordou Moomin.

E lá se foi ele, com Miss Snob, o irmão dela e Sniff, em direção ao litoral sul, enquanto Snufkin, que adorava descobrir coisas sozinho, partiu para o norte. Hemulen pegou sua pá para botânica, a lata de colecionar coisas verdes e a lupa, e entrou no bosque. Pretendia encontrar uma vegetação maravilhosa, que ninguém nunca tinha descoberto.

No centro da ilha, havia uma clareira verde com um solo liso, cercada por arbustos floridos. Era onde os Amperinos faziam a reunião anual, onde se encontravam todo ano no meio do verão. Mais ou menos 300 deles já tinham chegado lá, e pelo menos mais 400 eram esperados. No centro da clareira, tinham erguido um mastro alto, pintado de azul. Nele, estava preso um barômetro. Eles ciscavam a grama em silêncio, curvando-se com elegância para os outros, e cada vez que passavam pelo barômetro faziam uma reverência ainda maior. (A cena era um pouco ridícula.)

Durante todo esse tempo, Hemulen estava caminhando pelo bosque, encantado com a quantidade de flores raras. Elas não eram como as que nasciam no Vale dos Moomins – longe disso! Cachos pesados, branco-prateados, que pareciam feitos de vidro; calêndulas negro-carmim, como coroas reais; e rosas azul-celeste.

Mas Hemulen não prestou muita atenção à beleza delas: estava preocupado demais contando as pétalas e as folhas e murmurando consigo mesmo:

– Este é o ducentésimo décimo nono espécime da minha coleção!

Depois de um tempo, ele acabou chegando ao esconderijo dos Amperinos. Entrou, olhando ao redor, procurando por plantas raras. Não olhou para cima, até que trombou com o mastro azul, o que o assustou muito. Nunca tinha visto tantos Amperinos em sua vida! Eles estavam por toda parte, e seus pequenos olhos pálidos o atravessavam. "Será que estão de mau humor?", pensou Hemulen. "São pequenos, mas há uma quantidade enorme deles!"

Olhou para o grande e brilhante barômetro de madeira, que marcava "chuva e vento".

– Extraordinário – disse Hemulen, piscando ao sol, e bateu de leve no barômetro, que escorregou bastante no mastro. Com isso, os Amperinos se agitaram, ameaçadores, e deram um passo na direção do estranho.

– Está tudo bem – ele disse, alarmado. – Não vou pegar seu barômetro!

Mas os Amperinos não o ouviam. Só se aproximavam dele, fazendo barulho e balançando as mãos. Hemulen, com o coração na boca, ficou à espera de uma oportunidade para escapar, mas o inimigo se pôs de pé como uma parede ao redor dele, cada vez mais perto. E, através das árvores, surgiam mais e mais Amperinos, com seus olhos fixos e passos silenciosos.

– Vão embora! – gritou Hemulen. – Xô! Xô!

Mas eles continuavam a se aproximar em silêncio. Então, Hemulen segurou seu vestido e começou a subir no mastro. O poste estava sujo e escorregadio, mas o pavor lhe deu uma força fora do comum para um Hemulen e, finalmente, ele chegou ao topo e pegou o barômetro.

Agora, os Amperinos tinham alcançado a base do mastro e esperavam. A clareira inteira estava tomada por eles, como um tapete branco, e Hemulen se sentiu mal quando pensou no que poderia acontecer, se caísse lá embaixo.

– Socorro! – berrou o mais alto que pôde. – Socorro! Socorro! – Mas o bosque estava em silêncio.

Então, Hemulen enfiou dois dedos na boca e assoviou. Três curtos, três longos, três curtos: S.O.S.

Snufkin, que estava perambulando pela praia, ouviu o pedido de ajuda de Hemulen e levantou a cabeça para prestar atenção. Quando conseguiu perceber de que direção vinha, saiu correndo para resgatá-lo. O chamado foi ficando cada vez mais alto, e Snufkin, percebendo que agora estava bem perto, rastejou para a frente com cuidado. Ficou mais iluminado entre as árvores, e ele viu a clareira, os Amperinos e Hemulen agarrando-se firme ao mastro.

– Esta é uma situação terrível – murmurou e depois falou alto para Hemulen: – Oi! Como você conseguiu fazer com que os pacíficos Amperinos ficassem em tal estado de guerra?

– Eu só bati de leve no barômetro – lamentou-se o pobre Hemulen. – E ele escorregou. Tente afastar essas criaturas horrendas, caro Snufkin!

– Preciso pensar um pouco – respondeu Snufkin.

(Os Amperinos não ouviram nada dessa conversa, porque não têm ouvidos.)

Depois de um tempo, Hemulen gritou:

– Pense rápido, Snufkin, porque estou começando a escorregar!

– Ouça! – disse Snufkin. – Você se lembra de quando aquelas ratazanas entraram no jardim? Moomin Pai fincou um monte de mastros no solo e pôs moinhos de vento neles. E, quando as rodas giraram, a terra balançou tanto, que as ratazanas ficaram muito nervosas e desistiram!

– Suas histórias são sempre muito interessantes – disse Hemulen, amargo –, mas não estou entendendo o que elas têm a ver com minha difícil situação!

– Muito! – respondeu Snufkin. – Não está vendo? Os Amperinos não conseguem falar nem ouvir e veem muito mal. Mas têm sensibilidade aguçada! Tente balançar o mastro pra trás e pra frente. Os Amperinos vão sentir o movimento no solo e ficar com medo. Vai direto para o estômago deles, você vai ver! São como antenas!

Hemulen tentou balançar o mastro.

– Estou caindo! – ele exclamou, alarmado.

– Mais rápido, mais rápido! – gritou Snufkin. – Com movimentos curtos.

Hemulen conseguiu dar mais algumas balançadas desesperadas, e os Amperinos começaram a sentir um desconforto nas solas dos pés. Começaram a fazer barulho e a se mover, ansiosos. Depois de um minuto, assim como as ratazanas, eles deram no pé.

Em poucos segundos, a clareira estava vazia. Snufkin os sentiu passar por entre suas pernas (eles coçavam como urtigas), enquanto se dispersavam pelo bosque.

Hemulen escorregou para a grama, completamente exausto.

– Oh! – gemeu. – Só houve confusão e perigo desde que me juntei à família Moomin.

– Acalme-se, Hemul – disse Snufkin. – Afinal de contas, você teve muita sorte.

– Essas criaturas infelizes! – resmungou Hemulen. – Vou levar o barômetro deles comigo, de qualquer maneira, para castigá-los.

– Melhor deixar como está – aconselhou Snufkin.

Mas Hemulen desenganchou do mastro o grande e brilhante barômetro e, triunfante, enfiou-o debaixo do braço.

– Agora, vamos encontrar os outros – disse. – Estou morrendo de fome.

Quando chegaram, todos estavam comendo panquecas e atum, que Moomin Pai tinha pescado.

– Oi! – gritou Moomin. – Estivemos em toda a ilha, e, do outro lado, há um penhasco assustador que dá diretamente no mar.

– E a gente viu um monte de Amperinos! – Snufkin contou. – Pelo menos cem!

– Nem me fale daquelas criaturas de novo! – disse Hemulen, abalado. – Não suporto. Mas vejam meu troféu de guerra. – E, orgulhoso, pôs o barômetro no centro da toalha de mesa.

– Oh! Tão lindo e brilhante! – exclamou Miss Snob. – É um relógio?

– Não, é um barômetro – explicou Moomin Pai. – Ele mostra como o clima vai ficar. Se apontar pra baixo, significa "chuvoso". Às vezes, é bem preciso. – E deu um toque no barômetro. Em seguida, franziu a testa e disse: – Está marcando chuva!

– Uma tempestade? – perguntou Sniff, ansioso.

– Olhe você mesmo – respondeu Moomin Pai. – O barômetro apontou para o ponto mais baixo possível, se ele não estiver nos enganando.

Mas, com certeza, não parecia que o aparelho os estava enganando. A névoa dourada tinha engrossado e se transformado em uma cerração amarelo-cinzenta, e lá no horizonte o mar estava estranhamente preto.

– Temos de ir pra casa! – disse Snork.

– Ainda não! – implorou Miss Snob. – Ainda não tivemos tempo pra explorar direito o penhasco do outro lado da ilha! Nem fomos nadar ainda!

– Podemos esperar um pouco e ver o que vai acontecer, não é? – perguntou Moomin. – Seria uma pena ir pra casa, logo quando descobrimos esta ilha!

– Mas, se houver uma tempestade, não vamos poder ir pra casa de jeito nenhum! – disse Snork, aflito.

– Silêncio, crianças, preciso pensar – ordenou Moomin Pai.

Foi até a praia e inspirou o ar, virou a cabeça em todas as direções e franziu a testa.

Ouviu-se um estrondo à distância.

– Trovão! – disse Sniff. – Oh, que horror!

Além do horizonte, crescia um aglomerado de nuvens. Era azul-escuro e empurrava pequenas e leves nuvens à sua frente. De vez em quando, um grande clarão de relâmpago iluminava o mar.

– Vamos ficar – decidiu Moomin Pai.

– A noite inteira? – perguntou Sniff.

– Acho que sim – respondeu Moomin Pai. – Rápido, agora, vamos construir uma casa, pois a chuva vai cair em breve.

Arrastaram o Aventura até a praia e, na beirada da madeira, fizeram rapidamente uma casa com a vela e algumas cobertas. Moomin Mãe encheu as fendas de musgo, e Snork cavou uma vala ao redor da casa, para que a água da chuva tivesse por onde escoar. Todos corriam para lá e para cá, pondo suas coisas em um lugar coberto, enquanto o relâmpago se aproximava e um leve vento vinha soprando apressado através das árvores.

– Vou ver como está o tempo lá na ponta – disse Snufkin, e, puxando firme o chapéu para as orelhas, partiu. Sozinho e feliz, correu até a ponta mais distante da montanha e se encostou em um pedregulho.

O mar tinha mudado. Agora estava verde-escuro, com ondas que pareciam cavalos brancos, e as pedras brilhavam, amarelas como fósforo aceso. Com um estrondo grave, a tempestade vinha do sul. Abriu seu toldo negro sobre o mar, cobriu metade do céu, e um relâmpago estalou com um brilho sinistro.

"Está vindo direto pra ilha", pensou Snufkin com um arrepio de alegria e emoção. Imaginou que estava navegando lá no alto, junto às nuvens, e, talvez, avançando mar adentro em um clarão vibrante de um raio.

A essa altura, o Sol já tinha ido embora, e a chuva caía como uma cortina sobre o mar. Apesar de ainda faltarem horas até a noite, o mundo inteiro estava envolto em escuridão.

Snufkin deu meia-volta e saltou sobre as pedras, na direção dos amigos. Chegou à tenda na hora exata, pois gotas de chuva pesadas já atingiam a lona, que o vento balançava de um lado para outro. Sniff tinha se enrolado todo em uma coberta, já que morria de medo de trovão, e os demais estavam sentados encolhidos, grudados uns nos outros. A tenda estava com o cheiro forte das plantas de Hemulen.

De repente, ouviu-se um terrível estrondo de trovão bem acima de suas cabeças, e o pequeno refúgio se iluminou várias vezes por flashes de luz branca. O trovão ressoou pelo céu como um longo trem, enquanto o mar lançava suas ondas mais altas contra a Ilha Solitária.

– Que sorte não estarmos no mar – disse Moomin Mãe. – Nossa, que tempo horrível!

Miss Snob pôs sua pata trêmula em Moomin, e ele se sentiu muito protetor e valente.

Sniff continuava debaixo de sua coberta e gritava.

– Agora, está bem em cima de nós! – avisou Moomin Pai.

E, naquele instante, um clarão de relâmpago iluminou a ilha, seguido por um estrondo destruidor.

– Esse atingiu alguma coisa! – disse Snork.

Realmente, tinha sido um pouco demais. Hemulen ficou sentado, segurando a cabeça.

– Problemas! Sempre problemas! – resmungou.

Agora, a tempestade começava a se mover para o sul. Os estrondos se afastavam cada vez mais, os raios ficavam mais fracos, e finalmente só se ouvia o sussurro da chuva e o barulho do mar ao se chocar com a costa.

– Você pode sair daí, Sniff – disse Snufkin. – Já acabou.

Sniff se desenrolou da coberta, espreguiçou e coçou a orelha. Estava um pouco sem graça, porque tinha feito tamanho alvoroço.

– Quantas horas são? – perguntou.

– Quase oito – respondeu Snork.

– Então, acho que vamos deitar e dormir – disse Moomin Mãe. – Tudo isso foi muito angustiante.

– Mas não seria interessante ver o que o raio atingiu? – perguntou Moomin.

– De manhã! – respondeu a mãe. – De manhã, vamos explorar tudo e nadar. Agora, a ilha está molhada, cinza e desagradável.

Ela pôs todos para dormir e também foi se deitar, com sua bolsa debaixo do travesseiro.

Lá fora, a tempestade aumentava sua fúria. Agora, a voz das ondas se misturava a barulhos estranhos: risos, passos correndo e o badalar de grandes sinos mar adentro. Snufkin estava deitado quieto, ouvindo, sonhando e se lembrando de sua viagem ao redor do mundo. "Logo devo partir de novo", pensou. "Mas ainda não."

CAPÍTULO 4

No qual, por causa do ataque noturno dos Amperinos, Miss Snob perde os cabelos, e como a descoberta mais fantástica é feita na Ilha Solitária.

No meio da noite, Miss Snob acordou com uma sensação horrível. Algo tinha tocado seu rosto. Não tinha coragem de olhar, mas farejou desajeitada ao seu redor. Sentiu cheiro de queimado, então puxou a coberta para cima da cabeça e, com a voz trêmula, chamou Moomin.

Ele acordou de uma vez e perguntou qual era o problema.

– Há alguma coisa perigosa aqui – disse uma voz abafada, vinda de debaixo da coberta. – Estou sentindo.

Moomin olhou fixamente para a escuridão. Havia alguma coisa! Pequenas luzes... Pálidas silhuetas brilhantes, que se moviam para lá e para cá, entre os adormecidos. Moomin ficou aterrorizado e acordou Snufkin.

– Olhe! – ele suspirou. – Fantasmas!

– Está tudo bem – disse Snufkin. – São Amperinos. O clima de tempestade os deixou elétricos, é por isso que estão tão brilhantes. Fique quieto, ou pode levar um choque.

Os Amperinos pareciam estar procurando por alguma coisa. Mexiam em todos os cestos, e o cheiro de queimado ficava mais forte. De repente, todos se reuniram no canto onde Hemulen estava dormindo.

– Você acha que estão procurando por ele? – perguntou Moomin, preocupado.

– Talvez estejam só procurando pelo barômetro – disse Snufkin. – Avisei a ele pra não pegá-lo. Agora, eles o encontraram.

Os Amperinos estavam todos agarrando o barômetro e tinham se amontoado sobre Hemulen para alcançar melhor o instrumento. O cheiro de queimado estava muito forte agora.

Sniff acordou e começou a choramingar; ao mesmo tempo, ouviu-se um grito. Um Amperino tinha pisado no nariz de Hemulen.

Em um instante, todos tinham acordado e se levantado. O circo estava montado! Amperinos foram pisoteados; Sniff levou um choque; Hemulen saiu correndo, aterrorizado, e se enrolou na lona, fazendo com que a tenda inteira caísse em cima deles. Foi bem assustador.

Depois, Sniff insistiu que os Amperinos demoraram pelo menos uma hora para achar o caminho para fora da tenda. (Talvez ele tenha exagerado um pouco.)

Mas, até que todos conseguissem se refazer, os Amperinos tinham desaparecido com o barômetro dentro do bosque. E ninguém estava com a mínima vontade de segui-los.

Hemulen, lamentando-se com enorme tristeza, enfiou o nariz na areia.

– Isso já foi longe demais! – disse. – Por que um pobre e inocente botânico não pode levar a vida em paz e tranquilidade?

– A vida não é um mar de rosas – disse Snufkin, satisfeito.

– Olhem, crianças! – disse Moomin Pai. – O tempo abriu. Logo vai começar a clarear.

Moomin Mãe arrepiou-se e agarrou apertado a bolsa, enquanto olhava para o mar na noite agitada.

– Será que devemos construir outra casa e tentar dormir de novo? – ela perguntou.

– Não valeria a pena – respondeu Moomin. – Vamos nos enrolar nas cobertas e esperar até o Sol nascer.

Eles se sentaram em fila na praia, bem perto uns dos outros; Sniff se sentou no meio, porque achou que era o lugar mais seguro.

A noite já estava quase acabando, e a tempestade estava longe, mas as rebentações ainda ressoavam contra a areia. A leste, o céu começou a ficar pálido, e fazia muito frio. Então, à primeira luz do alvorecer, os Moomins e seus amigos viram os Amperinos partindo da ilha. Barcos cheios deles deslizavam saindo de lá, como sombras, e navegavam para o mar.

Hemulen soltou um suspiro de alívio.
– Espero nunca mais ver um Amperino – disse.
– Eles devem estar procurando uma nova ilha – disse Snufkin, com inveja. – Uma ilha secreta que ninguém nunca vai encontrar! – E seu olhar melancólico seguiu os barcos.

Miss Snob estava dormindo com a cabeça no colo de Moomin quando o raio dourado apareceu no horizonte. As pequenas nuvens que a tempestade tinha esquecido para trás se tornaram rosa-claro, e logo o Sol levantou sua cabeça brilhante sobre o mar.

Moomin se inclinou para acordar Miss Snob e notou uma coisa terrível: a linda franja macia dela estava toda queimada. Devia ter acontecido quando os Amperinos encostaram nela. O que sua amiga diria? Como poderia reconfortá-la? Era uma catástrofe!

Miss Snob abriu os olhos e sorriu.

– Sabe – disse Moomin, apressado –, é estranho, mas, com o passar do tempo, estou começando a preferir meninas carecas.

– Mesmo? – ela perguntou, com o olhar surpreso. – Por quê?

– Cabelo dá sempre uma impressão de desarrumado! – respondeu Moomin.

Miss Snob logo levantou a pata para tocar o cabelo – mas, coitada! Só pegou um tufo queimado, para o qual olhou aterrorizada.

– Você ficou careca – disse Sniff.

– Fica muito bem pra você – disse Moomin, tentando consolá-la. – Por favor, não chore.

Mas Miss Snob se jogou na areia e ficou em prantos, por causa da perda de sua gloriosa coroa.

Todos se juntaram ao seu redor, tentando animá-la, sem sucesso.

– Ouça – disse Hemulen. – Nasci careca e, sinceramente, vivo muito bem.

– Vamos passar óleo na sua cabeça e, com certeza, o cabelo vai crescer de novo – disse Moomin Pai.

– E vai ficar tão cacheado! – acrescentou Moomin Mãe.

– Vai mesmo? – perguntou Miss Snob, soluçando.

– Claro que vai – acalmou-a Moomin Mãe. – Imagine que linda você vai ficar com cabelos cacheados!

Então, Miss Snob parou de chorar e se sentou.

– Vejam como o dia está bonito! – disse Snufkin. A ilha, antes banhada pela chuva, agora cintilava à luz do sol da manhã. – Vou tocar uma canção matutina – começou ele, pegando a gaita.

E todos o seguiram cantando, animados:

Não se preocupe, nem tema, nem se lamente:
há muita e bela vida em todos nós latente.
Os Amperinos, pros lados do Sol nascente,
longe navegam e enfrentam o mar valente.
A beleza aparece já ao nosso lado:
breve, Miss Snob terá cabelo cacheado.

– Venham nadar! – gritou Moomin.

E todo o grupo vestiu as roupas de banho e correu para a rebentação (exceto Hemulen, Moomin Mãe e Moomin Pai, que acharam que ainda estava muito frio).

Ondas verde-claras e brancas deslizavam até a areia. Ah, ser um moomin e dançar nas ondas enquanto o Sol nascia! A noite já tinha sido esquecida, e um longo dia de junho vinha pela frente. Eles mergulhavam nas ondas como golfinhos e navegavam nas cristas em direção à praia, onde Sniff brincava na água rasa. Snufkin boiava mais distante, olhando para o céu azul e dourado.

Enquanto isso, Moomin Mãe estava fazendo café e procurando pelo pote de manteiga, que tinha escondido do sol na areia molhada. Mas a procura foi em vão: a tempestade tinha levado o pote embora.

– Oh, não, o que vou pôr nos sanduíches deles? – lamentou ela.

– Não se preocupe – disse Moomin Pai. – Vamos ver se a tempestade nos trouxe outra coisa como alternativa. Depois do café, vamos dar uma volta de inspeção ao longo da praia e ver o que o mar trouxe!

E foi o que fizeram.

No lado mais longe da ilha, brilhantes pedras escorregadias erguiam-se para fora do mar, e lá tanto se podiam ver trechos de areia cobertos de conchas (as pistas de dança particulares das sereias...), quanto abismos negros secretos, nos quais as rebentações quebravam como se estivessem batendo em uma porta de ferro. Na verdade, havia cavernas e turbilhões borbulhantes e todo tipo de coisa fascinante para ser encontrada.

Cada um tomou um caminho para ver o que o mar tinha trazido. (Essa é a tarefa mais emocionante, pois a gente pode encontrar as coisas mais estranhas, e, normalmente, é bastante difícil e perigoso resgatá-las do mar.)

Moomin Mãe desceu com dificuldade para um pequeno trecho de areia que ficava escondido por pedras assustadoras. Ali cresciam moitas de plantas azuis, e aveias do mar balançavam e zumbiam, quando o vento passava forte entre suas hastes estreitas. Moomin Mãe se deitou em um lugar protegido, de onde só podia ver o céu azul e as flores balançando acima de sua cabeça. "Vou descansar só um pouco", pensou, mas logo estava dormindo profundamente na areia quente.

Snork correu para o topo da colina mais alta e olhou ao redor. Podia ver de uma costa à outra, e a ilha parecia flutuar, como uma vitória-régia gigante no mar revolto. Ele viu Sniff – só um cisquinho – procurando restos de naufrágios; avistou até o chapéu de Snufkin; e com certeza aquele era Hemulen desenterrando uma orquídea *Pterostylis*... E olhem só! Não era ali que o raio tinha caído? Um terrível penhasco, maior do que dez casas dos Moomins, tinha sido partido pelo raio como uma maçã, e as duas metades tinham se separado, deixando uma fenda enorme entre elas. Tremendo, Snork escalou para dentro da abertura e olhou para cima, para as paredes escuras do penhasco partido pelo raio. A pedra era preta como carvão, mas através dela infiltrava-se uma faixa brilhante e reluzente. Era ouro – devia ser ouro!

Snork cutucou com seu canivete. Alguns grãos de ouro se soltaram e caíram em sua pata. Ele os catou um por um, sentindo calor de tanta emoção, e desenterrou pedaços cada vez maiores. Depois de algum tempo, tinha se esquecido de tudo e só pensava no depósito brilhante de ouro que o raio tinha trazido à luz. Ele não era mais um catador na praia: era um escavador em busca de ouro!

Enquanto isso, Sniff tinha feito uma descoberta muito simples, mas estava tão feliz quanto Snork. Tinha encontrado uma boia salva-vidas. Estava meio corroída pela água do mar, mas cabia perfeitamente nele. "Agora, posso ir até a parte mais funda", pensou. "E tenho certeza de que em breve vou saber nadar tão bem quanto os outros. Moomin vai ficar surpreso!" Um pouco mais distante, entre as cascas de bétula, boias e algas, encontrou uma esteira de palha, um colherão quebrado e uma bota velha, sem salto. Um tesouro maravilhoso, quando você o rouba do mar! Em seguida, à distância, ele viu Moomin em pé na beira da água, lutando com algo. Algo grande! "Que pena que eu não tenha visto aquilo primeiro!", pensou Sniff. "Que diabos pode ser?"

Agora, Moomin tinha tirado seu achado de dentro da água e o estava rolando até a praia. Sniff esticou o pescoço e viu o que era. Uma estaca flutuante! Uma grande e linda estaca!

– Ih-huu! – gritou Moomin. – O que você acha disso?

– É bem legal – disse Sniff, crítico, com a cabeça virada de lado. – Mas o que você acha disso? – E mostrou seus achados na areia.

– A boia é linda – respondeu Moomin. – Mas pra que serve um colherão pela metade?

– Talvez funcione se você derramar rápido – respondeu Sniff. – Olha! O que você acha de uma troca? A esteira de palha, o colherão e a bota por essa estaca velha?

– Jamais, em tempo algum! – respondeu Moomin. – Talvez a boia por este raro objeto que deve ter sido trazido para cá de uma ilha distante – mostrou uma bola de vidro e a agitou. Com isso, um punhado de flocos de neve formou um turbilhão que se espalhou dentro da bola e, devagarinho, foi pousando numa pequena casa com janelas de papel prateado.

– Oh! – disse Sniff.

Uma dúvida cruel estava tomando conta dele, porque não conseguia se separar de nenhuma das coisas, mesmo numa troca.

– Olhe! – disse Moomin, e balançou a neve de novo.

– Não sei – respondeu Sniff, hesitante. – Realmente, não sei de qual gosto mais: da boia ou da sua tempestade de neve.

– Tenho quase certeza de que é a única no mundo, neste momento – afirmou Moomin.

– Mas não consigo abrir mão da boia! – lamentou-se Sniff. – Querido Moomin, não podemos dividir a tempestade de neve?

– Hum... – respondeu Moomin.

– Não posso só segurá-la de vez em quando? – implorou Sniff. – Aos domingos?

Moomin pensou um pouco e disse:

– Bem, está certo! Você pode ficar com ela nos domingos e nas quartas.

Enquanto isso, Snufkin perambulava, tendo só as ondas como companhia. Estava se divertindo, saltando sobre elas e rindo quando batiam em suas botas.

Logo depois do pontal, ele encontrou Moomin Pai, que estava resgatando troncos.

– Bom, não? – falou Moomin Pai, sem fôlego. –
Podemos construir um píer para o Aventura com isso!

– Quer ajuda pra carregar isso lá pra cima? –
ofereceu Snufkin.

– Não, não! – respondeu Moomin Pai, um
pouco chocado. – Consigo carregar sozinho. Não
consegue encontrar alguma coisa pra carregar?

Havia muita coisa para ser resgatada, mas nada
de que Snufkin gostasse. Pequenos barris, uma cadeira pela metade, uma cesta sem fundo, uma mesa de
passar roupa, coisas pesadas e trabalhosas. Snufkin
enfiou as mãos nos bolsos e assoviou. Preferia impor-
tunar as ondas.

Lá no pontal, Miss Snob estava escalando as pedras. Tinha decorado a testa chamuscada com uma
coroa de lírios do mar e estava procurando alguma
coisa que fosse surpreender os outros e deixá-los com
inveja. Quando tivessem admirado bastante seu achado, ela o daria para Moomin – a não ser que fosse algo
que pudesse usar para ficar mais bonita. Era chato subir nas pedras, e sua coroa estava começando a voar.
Mas o vento nem estava tão forte agora, e o mar tinha
mudado de um verde raivoso para um azul pacífico;
as ondas não pareciam mais assustadoras, e agitavam
sua espuma com um ar feliz. Miss Snob desceu até
uma praia pedregosa que margeava a água, mas não
havia nada para ser visto, exceto algumas algas e pedaços de troncos. Um pouco desapontada, caminhou
para mais longe no pontal. "É triste que todos, menos
eu, façam tantas coisas", pensou ela. "Eles encontram

chapéus mágicos, capturam formigas-leão e pegam barômetros. Gostaria de poder fazer algo excepcional, completamente sozinha, e impressionar Moomin."

Suspirando, olhou para a praia deserta. E seu coração quase parou, pois, à distância, uma silhueta flutuava para lá e para cá na água rasa! E era tremendamente grande – dez vezes maior do que a pequena Miss Snob!

"Vou correr e buscar os outros", pensou, mas parou, falando consigo mesma para não ter medo e ir ver o que era. Então, com todos os membros tremendo, aproximou-se da coisa horrível e descobriu que era nada menos do que uma gigante – uma gigante sem pernas! Que terrível! Miss Snob deu alguns passos trêmulos à frente, e aí veio a maior surpresa de todas: a gigante era feita de madeira e era linda! Suas bochechas e lábios eram vermelhos, e os olhos redondos e azuis sorriam através da água clara; ela também tinha cabelos azuis, flutuando, com longos cachos pintados sobre seus ombros.

– É uma rainha! – disse Miss Snob, respeitosa. As mãos da bela criatura estavam cruzadas sobre o peito, que sustentava flores douradas e correntes. O vestido era de tecido vermelho, macio e fluido, e ela era toda de madeira pintada. A única coisa estranha era que não tinha costas.

"Ela é quase boa demais pro Moomin", refletiu Miss Snob. "Mas vou dá-la pra ele, de qualquer jeito!" E ficou muito orgulhosa quando, no final da tarde, remou para o porto, empoleirada na rainha.

– Você encontrou um barco? – perguntou Snork.

– Que bom que você conseguiu encontrá-lo sozinha! – disse Moomin, admirado.

– É uma imagem – explicou Moomin Pai, que, em sua juventude, tinha navegado os sete mares. – Os marinheiros gostam de decorar as proas dos navios com uma bela rainha de madeira.

– Pra quê? – perguntou Sniff.

– Ah, acho que eles gostam de moças – respondeu Moomin Pai.

– Mas por que ela não tem costas? – perguntou Hemulen.

– É lá que ela é presa à proa do navio, claro – disse Snork. – Até uma criança veria isso!

– Ela é grande demais pra ser pregada no Aventura – disse Snufkin. – Que pena!

– Oh, que moça linda! – suspirou Moomin Mãe. – Imaginem ser tão bonita e não tirar nenhum proveito disso!

– O que vocês pensam fazer com ela? – perguntou Sniff.

Miss Snob baixou os olhos e sorriu. Depois disse:

– Acho que vou dá-la pro Moomin.

Moomin não sabia o que dizer. Com o rosto corado, avançou e fez uma reverência. Miss Snob também fez uma reverência, tímida, e os dois ficaram bastante sem graça.

– Olhe! – disse Snork para a irmã. – Você ainda não viu o que eu achei! – E apontou para uma pilha de ouro reluzente, que repousava na areia.

Os olhos de Miss Snob quase pularam para fora.

– Ouro de verdade! – exclamou.

– E há muito mais – vangloriou-se Snork. – Uma montanha de ouro!

– E eu posso ficar com cada pedacinho que ele deixar cair! – disse Sniff, orgulhoso.

Ah, como eles admiraram os achados uns dos outros lá na praia! De repente, a família Moomin tinha ficado rica. Mas as coisas mais preciosas ainda eram a imagem e a pequena tempestade de neve na bola de vidro. O barco estava realmente carregado quando partiu da Ilha Solitária, depois da tempestade. Atrás dele, flutuava uma grande jangada levando os troncos que tinham juntado. A carga consistia em: ouro, a pequena tempestade de neve, a linda estaca, a bota, o colherão, a boia, a esteira de palha e, na proa, ia a imagem, contemplando o mar. Ao seu lado, estava Moomin, com a pata em seu belo cabelo azul. Ele estava tão feliz!

Miss Snob não conseguia tirar os olhos deles.
"Ah, se eu fosse tão bonita quanto a Rainha de Madeira...", pensou. "Mas não tenho mais nem meus cabelos!" E não se sentiu muito feliz depois disso.
– Você gosta da Rainha de Madeira? – perguntou para Moomin.
– Muito! – ele respondeu, sem olhar para cima.
– Mas pensei que você tivesse dito que não gostava de meninas com cabelo – disse Miss Snob. – Além do mais, ela é só pintada!
– Mas é tão bem pintada! – respondeu Moomin.
Aquilo foi demais para Miss Snob. Ela olhou para o mar com um nó na garganta e ficou muito pálida.
– A Rainha de Madeira tem uma aparência tão boba! – disse, finalmente.
Com isso, Moomin olhou para cima.
– Por que você está tão pálida? – perguntou, surpreso.
– Ah, nada não! – ela respondeu.

Então, ele desceu da proa e se sentou ao lado dela. Depois de um tempo, disse:

– Sabe, a Rainha de Madeira realmente tem uma aparência muito boba.

– Ela tem, não tem? – perguntou Miss Snob, recuperando a cor.

– Você se lembra da borboleta dourada que a gente viu? – perguntou Moomin, e Miss Snob balançou a cabeça concordando, cansada e feliz.

Lá longe, a Ilha Solitária repousava brilhante sob a luz do pôr do sol.

– Eu me pergunto o que vocês estão pensando em fazer com o ouro de Snork – disse Snufkin.

– Acho que vamos usá-lo pra decorar as beiradas dos canteiros de flores – respondeu Moomin Mãe. – Só os pedaços grandes, claro, porque os pequenos parecem escombros.

Em silêncio, eles observaram o Sol mergulhar no mar e as cores se dissolverem em azul e violeta, enquanto o Aventura balançava levemente na direção de casa.

CAPÍTULO 5

No qual ouvimos falar da caçada ao
Mameluke, e de como a casa dos Moomins
se transforma em uma selva.

Foi mais ou menos no fim de julho. Fazia muito calor no Vale dos Moomins. Nem mesmo as moscas se davam o trabalho de zumbir. As árvores pareciam cansadas; os rios não serviam mais para fazer suco de framboesa: corriam estreitos e marrons pelo campo empoeirado. O chapéu de Hobgoblin, que tinha sido levado de volta da caverna, estava sobre a cômoda, debaixo do espelho.

Dia após dia, o Sol queimava o pequeno vale escondido entre as colinas. Os répteis miúdos se escondiam na escuridão fresca; os pássaros estavam silenciosos, e Moomin e seus amigos andavam rabugentos, brigando uns com os outros.

– Mãe – disse Moomin –, encontre alguma coisa pra gente fazer! A gente só briga, e está tão quente!

– Sim, querido – respondeu Moomin Mãe. – Notei isso! Vou ficar feliz em me livrar de vocês por um tempo. Não querem ir pra caverna por uns dias? Está mais fresco lá, e vocês podem nadar e relaxar o dia inteiro, sem perturbar ninguém.

– Podemos dormir na caverna também? – Moomin perguntou, animado.

– Claro – respondeu a mãe. – E não voltem até o humor de vocês melhorar.

Era realmente emocionante morar na caverna. No centro do chão arenoso, Moomin e os amigos puseram um lampião de querosene, e cada um cavou um buraco no qual coubesse e fez uma cama. As comidas foram divididas em seis porções iguais, que incluíam pudim de passas e geleia de abóbora, bananas, marzipã, milho doce e panqueca como café da manhã para o dia seguinte.

Uma brisa leve passou, murmurando triste pela praia vazia, enquanto o Sol mergulhava, com um clarão vermelho, enchendo a caverna com seus últimos raios: um lembrete sobre a misteriosa escuridão que vinha chegando. Em seguida, Snufkin tocou sua gaita, Miss Snob deitou a cabeça encaracolada no colo de Moomin, e todos começaram a se sentir à vontade, depois do pudim de passas. E, quando o anoitecer invadiu a caverna, uma gostosa sensação de medo tomou conta deles.

Sniff observou pela centésima vez que tinha sido ele o primeiro a encontrar a caverna, mas, pelo menos dessa vez, ninguém se incomodou em xingá-lo. Snufkin acendeu um lampião e perguntou:

– Será que devo contar uma coisa horrível pra vocês? – Hemulen logo quis saber quão horrível seria.

– Mais ou menos horrível assim – disse Snufkin, abrindo os braços o máximo que pôde. – Se é que me entende.

— Não, não entendo! — respondeu Hemulen. — Mas continue, Snufkin, eu aviso quando estiver ficando com medo.

— Bom — disse Snufkin —, é uma história estranha, quem me contou foi Magpie. É assim: no fim do mundo existe uma montanha tão alta, que faz você ficar tonto só de pensar nela. É preta como carvão, macia como seda, muito inclinada; e, onde deveria ficar a base, só há nuvens. Mas lá no alto, no topo, fica a casa de Hobgoblin, e ela é assim — e Snufkin desenhou uma casa na areia.

— Ela não tem nenhuma janela? — perguntou Sniff.

— Não — respondeu Snufkin. — E também não tem nenhuma porta, porque Hobgoblin sempre voa pra casa montado em uma pantera negra. Ele sai toda noite e coleta rubis em seu chapéu.

— O que você disse? — perguntou Sniff, com os olhos arregalados. — Rubis? Onde ele os acha?

— Hobgoblin consegue se transformar no que quiser — Snufkin respondeu. — Assim, ele consegue se enfiar debaixo da terra e até do solo oceânico, onde há tesouros enterrados.

— O que ele faz com todas essas pedras preciosas? — perguntou Sniff, com inveja.

— Nada. Ele só as coleciona — respondeu Snufkin. — Como Hemulen coleciona plantas.

— O que você disse? — perguntou Hemulen, acordando em seu buraco.

— Estava dizendo que Hobgoblin tem uma casa cheia de rubis — continuou Snufkin. — Eles ficam em pilhas por toda parte e presos nas paredes, como olhos de feras selvagens. A casa de Hobgoblin não tem telhado, e as nuvens que passam sobre ela ficam vermelhas como sangue, com o reflexo dos rubis. Os olhos dele também são vermelhos e brilham no escuro!

— Agora, estou quase com medo — disse Hemulen. — Olhe como vai continuar.

— Como ele deve ser feliz, esse Hobgoblin! — exclamou Sniff.

— Não é nem um pouco — retrucou Snufkin. — E não vai ser, até encontrar o Rubi do Rei. Ele é quase tão grande quanto a cabeça de uma pantera negra, e olhar pra ele é como olhar pra chamas ardentes. Hobgoblin já procurou pelo Rubi do Rei em todos os planetas, inclusive Netuno, mas não encontrou. Agora, ele foi pra Lua, procurar em suas crateras, mas não tem muita esperança de sucesso, porque, no fundo de seu coração, Hobgoblin acredita que o Rubi do Rei esteja no Sol, onde ele nunca vai poder ir, porque é muito quente.

— Mas isso tudo é verdade? — perguntou Snork, com uma voz desconfiada.

— Pense o que quiser — disse Snufkin, distraído, descascando uma banana. — Você sabe o que Magpie acha? Ela acha que Hobgoblin tinha um chapéu preto e alto, um chapéu que ele perdeu, quando foi pra Lua alguns meses atrás.

— Não pode ser! — exclamou Moomin, e os outros se mexeram, animados.

— O que é isso? — perguntou Hemulen. — Sobre o que estão falando?

— O chapéu! — Sniff contou. — O chapéu preto e alto que encontrei na primavera passada: o chapéu de Hobgoblin! — Snufkin balançou a cabeça, concordando.

– Mas vamos supor que ele venha buscar o chapéu – disse Miss Snob. – Eu nunca vou ter coragem de olhar nos olhos vermelhos dele.

– Precisamos conversar com Mamãe sobre isso – concluiu Moomin. – A Lua fica longe?

– Uma distância e tanto – respondeu Snufkin. – Além disso, com certeza vai levar um bom tempo pra Hobgoblin procurar em todas as crateras. Por um momento, houve um silêncio ansioso, enquanto todos pensavam no chapéu preto sobre a cômoda, debaixo do espelho, em casa.

– Aumente um pouco o lampião – pediu Sniff, com a voz trêmula.

De repente, Hemulen saltou, dizendo:

– Vocês ouviram alguma coisa lá fora?

Todos olharam fixamente para a entrada negra da caverna e prestaram atenção. Barulho de batidas leves – poderiam ser passos de pantera?

– É só a chuva – disse Moomin. – A chuva chegou, finalmente. Agora, vamos dormir um pouco. – E cada um se enfiou em seu buraco na areia e puxou a coberta. Moomin apagou o lampião e, com a chuva sussurrando lá fora, deslizou para o sono.

Algum tempo depois, Hemulen acordou assustado. Estava sonhando que navegava em um pequeno barco furado, e a água tinha chegado até seu queixo, quando, para seu pavor, o sonho virou realidade. A chuva tinha entrado pelo teto da caverna durante a noite e escorrido em verdadeiras correntes para a "cama" do pobre Hemulen.

– Coitado de mim! – lamentou-se.

Depois, torceu seu vestido e foi olhar o clima. Estava a mesma coisa em todo lugar: cinza, chuvoso e horrível. Hemulen pensou que seria bom se estivesse com vontade de tomar um banho, mas não estava. – Ontem estava quente demais, e agora está chovendo demais. Vou entrar e deitar de novo – disse.

O buraco de Snork na areia parecia bem seco.

– Olhe! – disse Hemulen. – Choveu em minha cama.

– Que azar – disse Snork, e virou para o outro lado.

– Então, acho que eu deveria dormir na sua – anunciou Hemulen. – Agora, nada de roncar!

Mas Snork só grunhiu alguma coisa e continuou dormindo. Com isso, o coração de Hemulen foi tomado pelo desejo de vingança, e ele cavou uma vala entre seu buraco e o de Snork.

– Isso não foi nem um pouco típico de um Hemulen! – disse Snork, sentando-se em sua coberta molhada. – Estou impressionado que você tenha tido a capacidade de pensar em uma coisa dessa.

– Bem, eu mesmo estou um pouco surpreso – concordou Hemulen. – E agora, o que vamos fazer hoje?

Snork enfiou o nariz para fora da abertura da caverna e olhou para o céu e para o mar. E disse:

– Pescar. Acorde os outros, enquanto eu arrumo o barco.

E desceu até a areia molhada e o píer que Moomin Pai tinha construído, respirando o ar do mar, que estava bem calmo. A chuva caía fraca, e cada gota fazia um anel na água brilhante. Snork conferiu tudo e pegou a maior linha de pescar que tinham. Puxou a rede de pesca e colocou iscas em todos os anzóis, enquanto assoviava a canção de caça de Snufkin.

Estava tudo pronto quando os outros saíram da caverna.

– Ah, aí estão vocês, finalmente! – disse ele. – Hemulen, retire o mastro e coloque os apoios de remo.

– A gente tem de ir pescar? – perguntou Miss Snob. – Nunca acontece nada quando a gente pesca, e morro de dó dos peixinhos.

– É, mas hoje alguma coisa vai acontecer – disse seu irmão. – Sente-se na proa, onde vai atrapalhar menos.

– Quero ajudar também – chiou Sniff, agarrando a linha.

E saltou para a beirada do barco, que se desequilibrou, e a linha se embaraçou nos apoios de remos e na âncora.

– Esplêndido! – disse Snork, sarcástico. – Realmente, esplêndido. Esse é um craque do mar. Paz no barco e tudo o mais. E, além do mais, respeito pelo trabalho dos outros. Ah!

– Você não vai xingá-lo? – Hemulen perguntou, incrédulo.

– Xingá-lo? Eu? – perguntou Snork e riu, desconsolado. – O capitão tem alguma coisa a dizer? Nunca! Jogue a linha como está, talvez ela fisgue uma bota velha! – E se retirou para a popa e arrastou uma lona sobre a cabeça.

– Minha nossa! – disse Moomin. – É melhor você assumir os remos, Snufkin, enquanto desembolamos esta bagunça. Sniff, você é um palerma!

– Eu sei – disse Sniff, feliz por ter algo para fazer. – Por onde vamos começar?

– Pelo meio – respondeu Moomin. – Mas não vá deixar seu rabo se enrolar aí também.

E Snufkin remou devagar e levou o Aventura mar adentro.

Enquanto tudo isso estava acontecendo, Moomin Mãe corria de um lado para outro, sentindo-se muito contente. A chuva caía leve no jardim. Paz, ordem e tranquilidade reinavam em todo lugar.

– Agora, tudo vai crescer! – ela disse para si mesma.

E, oh, que maravilhoso era ter sua família segura lá na caverna! Decidiu arrumar um pouco a casa e começou a juntar meias, cascas de laranja, as pedras estranhas de Moomin, pedaços de cascas de árvores e todo tipo de coisa esquisita. Em cima do rádio, encontrou algumas sempre-vivas rosa, venenosas, que Hemulen tinha esquecido de guardar em seu arquivo de plantas. Moomin Mãe enrolou-as fazendo uma bola, enquanto ouvia pensativa o murmúrio da chuva. – Agora, tudo vai crescer! – repetiu, e, sem pensar no que estava fazendo, deixou a bola cair dentro do chapéu de Hobgoblin. E subiu até seu quarto para uma soneca (pois moomin mães adoram sonecas ouvindo a chuva bater no telhado).

Enquanto isso, nas profundezas do mar, a longa linha de pescar de Snork estava... esperando. Já tinha esperado por duas horas, e Miss Snob estava ficando extremamente impaciente.

– A espera é a melhor parte – Moomin disse. – Pode vir uma coisa em cada anzol, sabe? (A tal linha de pescar tinha muitos anzóis.)

Miss Snob suspirou:

– De todo modo, você sabe que, quando joga a linha, ela tem uma isca, e, quando a puxa, ela tem um peixe...

– Mas pode não ter nadinha – disse Snufkin.

– Ou pode ter um polvo – disse Hemulen.

— Meninas nunca entendem essas coisas — disse Snork. — Agora, podemos começar a puxá-la. Mas não façam barulho. Fiquem quietos, todos.

O primeiro anzol apareceu.

Estava vazio.

O segundo apareceu.

Também estava vazio.

— Isso só mostra que os peixes estão no fundo e são muito grandes — disse Snork. — Quietos agora, pessoal!

Puxou mais quatro anzóis vazios e disse:

— Esse é um safado. Ele comeu todas as nossas iscas. Poxa! Ele deve ser enorme!

Todos se inclinaram e olharam para as profundezas escuras.

— Que tipo de peixe você acha que é? — perguntou Sniff.

— Pelo menos, um Mameluke — disse Snork. — Olhem! Mais dez anzóis vazios.

— Ô-ou... — disse Miss Snob, sarcástica.

— Ô-ou pra você! — disse o irmão, com raiva, e continuou puxando. — Fique calada, ou vai espantá-lo.

Um anzol atrás do outro subiu enrolado em ervas marinhas e algas. Nada de peixe — absolutamente nada.

De repente, Snork gritou:

— Cuidado! Ele deu uma puxada! Tenho certeza de que ele deu uma puxada.

— Um Mameluke! — gritou Sniff.

— Agora, vocês têm de ficar calmos — disse Snork, que sentia tudo menos calma. — Silêncio absoluto. Lá vem ele!

A linha esticada tinha, de repente, sido solta, mas lá nas profundezas verdes brilhava algo branco. Seria a barriga pálida do Mameluke? Alguma coisa enorme e terrível parecia se erguer da estranha cena submarina. Era verde e mole, como a haste de uma grande planta da selva, e esgueirou-se por debaixo do barco.

– A rede de pescar! – gritou Snork. – Onde está a rede de pescar?

No mesmo instante, o ar foi tomado por barulho e espuma que voava. Uma onda forte pegou o Aventura bem em sua crista e jogou a linha de pescar para o deque. E, de repente, tudo ficou calmo de novo.

Só a linha arrebentada balançava, triste, caída para um lado, e um grande redemoinho marcava por onde o monstro tinha passado.

– Então, quem disse que era um peixinho? – Snork, amargo, perguntou para a irmã. – Nunca vou superar isso, enquanto viver!

– Foi aqui que ela arrebentou – disse Hemulen, segurando a linha. – Algo estava me dizendo que era fina demais.

– Ah, cale a boca – disse Snork, e escondeu o rosto nas patas.

Hemulen queria falar alguma coisa, mas Snufkin chutou sua canela de leve. Todos se sentaram, em um silêncio sem esperança. Até que Miss Snob disse, tímida:

– O que vocês acham de tentarmos mais uma vez? Podemos usar a corda de amarrar o barco como linha.

Snork grunhiu. Depois de um tempo, disse:

– E os anzóis?

– Seu canivete – respondeu Miss Snob. – Se você abrir a lâmina, o saca-rolhas, a chave de fenda e o instrumento-para-tirar-pedras-dos-cascos-dos-cavalos, com certeza ele vai fisgar alguma coisa.

Snork tirou as patas da frente dos olhos e disse:

– É, mas não temos iscas.

– Panqueca – respondeu a irmã.

Snork pensou na questão por um tempo, enquanto todos prendiam a respiração, animados.

Finalmente, ele disse:

– Claro que o Mameluke come panqueca. Então... – E todos souberam que a caçada ia continuar.

Eles amarraram firmemente o canivete à corda, com um pouco de fio que Hemulen tinha no bolso do vestido, prenderam a panqueca no canivete e lançaram a corda na água.

Agora, o sangue de Miss Snob estava borbulhando, e ela estava tão animada quanto os outros.

– Você está parecendo a Diana – disse Moomin, admirado.

– Quem é essa? – ela perguntou.

– A Deusa da Caça! – ele respondeu. – Tão bonita quanto a Rainha de Madeira e tão inteligente quanto você!

– Hum... – disse Miss Snob.

Naquele momento, o Aventura se inclinou um pouco.

– Psiu! – disse Snork – Ele está mordiscando! – Houve outro puxão, dessa vez mais violento, e, depois, uma sacudida furiosa que jogou todos no chão.

– Socorro! – gritou Sniff. – Ele vai nos devorar!

A proa do Aventura afundou de maneira alarmante, mas ele se equilibrou e partiu em velocidade extraordinária em direção ao mar aberto. A corda estava esticada, apertada como a corda de um arco, à frente do barco, e desapareceu em um turbilhão de espuma abaixo da superfície.

Obviamente, o Mameluke gostava de panqueca!

– Fiquem calmos! – gritou Snork. – Calma no barco! Cada homem para seu posto!

"Contanto que ele não mergulhe...", pensou Snufkin, arrastando-se para a proa.

Mas o Mameluke estabeleceu um curso direto mar adentro, e, logo, a praia estava atrás deles, longe, como o toque de um pincel.

— Por quanto tempo vocês acham que ele vai aguentar segurar? — perguntou Hemulen.

— Na pior das piores hipóteses, podemos cortar a linha — disse Sniff.

— Jamais! — declarou Miss Snob, balançando o cabelo anelado.

E o Mameluke deu uma sacudida forte no rabo gigante e girou, mudando a direção para a praia de novo.

— Ele está indo um pouco mais devagar agora — gritou Moomin, que estava ajoelhado na proa. — Está começando a se cansar!

O Mameluke estava cansado, sim, mas também estava ficando com raiva. Deu um puxão na linha e saiu em disparada de novo, fazendo o Aventura balançar de um jeito muito assustador.

Às vezes, o peixe ficava quieto, tentando enganá-los, e, de repente, partia com tanta velocidade que um maremoto quase os afundava. Então, Snufkin pegou a gaita e tocou sua canção de caça, enquanto os outros marcavam o compasso com tanta energia que o deque balançava. E, quando eles estavam quase desistindo, o Mameluke flutuou, virando para cima e para a luz sua grande barriga sem vida.

Moomin e seus amigos nunca tinham visto um peixe tão grande! Eles o admiraram em silêncio por um tempo, depois Snork disse:

— No final, acabei pegando o bicho, não foi? — e sua irmã concordou, orgulhosa.

Enquanto o Mameluke estava sendo rebocado para terra firme, começou a chover, e logo o vestido de Hemulen ficou encharcado, e o chapéu de Snufkin perdeu o pouco de forma que lhe restava, o que não era muito.

— Provavelmente, vai estar bastante molhado na caverna, agora – disse Moomin, que estava sentado nos remos, congelado. – Mamãe deve estar preocupada – acrescentou, depois de um tempo.

— Você quer dizer que deveríamos ir pra casa logo? – perguntou Sniff, tentando não soar muito esperançoso.

— Isso, e mostrar o peixe pra eles – disse Snork.

— Nós vamos pra casa – disse Hemulen. – Aventuras estranhas, ficar molhado, prosseguir sozinhos e esse tipo de coisa é muito bom, mas não é confortável por muito tempo.

Colocaram pranchas debaixo do Mameluke, e todos ajudaram a carregá-lo pelo bosque. Sua boca aberta era tão grande, que os galhos agarravam em seus dentes, e ele pesava tantas centenas de quilos, que o grupo tinha de descansar de tempos em tempos. Enquanto isso, a chuva piorou, até que, quando chegaram ao vale, ela escondia a casa inteira.

— O que vocês acham de deixarmos ele aqui um pouco? – perguntou Sniff.

— De jeito nenhum! – disse Moomin, indignado, e eles mergulharam no jardim.

De repente, Snork estacou como um poste.

— Pegamos o caminho errado! – disse.

– Bobagem! – disse Moomin. – Aquilo ali não é a cabana de madeira? E abaixo está a ponte.

– É, mas onde está a casa? – perguntou Snork.

Era extraordinário! A casa dos Moomins tinha desaparecido. Simplesmente não estava lá! Eles puseram o Mameluke no chão, em frente à escada – isto é, no lugar onde os degraus deveriam estar. Em vez disso...

Mas antes devo explicar o que tinha acontecido no vale, enquanto a turma estava na caçada do Mameluke.

Moomin Mãe tinha subido para tirar uma soneca, mas, antes de fazer isso, em um momento de distração, tinha deixado cair uma bola de sempre-vivas rosa, venenosas, no chapéu de Hobgoblin. Na verdade, o problema foi que ela nunca deveria ter feito a faxina, pois, enquanto a casa descansava em sua soneca de depois do almoço, a bola de sempre-vivas rosa, venenosas, começou a crescer de uma maneira estranha e enfeitiçada. Ela se retorceu devagar para fora do chapéu e se arrastou para o chão. Galhos e brotos abriam caminho pelas paredes, escalavam em volta das cortinas e persianas e arrastavam-se por rachaduras, pontos de ventilação e buracos de fechadura. No ar úmido, flores nasciam e frutas começavam a amadurecer, e grandes brotos frondosos inundavam a escada, enfiavam-se entre as pernas dos móveis e se dependuravam do lustre.

A casa estava tomada por um leve farfalhar: às vezes, ouvia-se um "pop" de um botão se abrindo, ou o baque de uma fruta madura caindo no carpete. Mas Moomin Mãe achava que era só a chuva, virava-se para o outro lado, e continuava a dormir.

No quarto ao lado, Moomin Pai estava sentado, escrevendo sua biografia. Nada interessante tinha acontecido, desde que construíra o píer, então ele continuou com a história de sua infância, e isso trazia de volta tantas memórias que ele quase caiu no choro. Sempre tinha sido um pouco fora do comum, quando criança, e ninguém o tinha entendido. Quando ficou um pouco mais velho, era a mesma coisa, e teve uma vida difícil, de toda maneira. Moomin Pai escreveu e escreveu, pensando como todos ficariam com dó quando lessem sua história, e isso o animou, e disse para si mesmo:

– Vai ser bem feito pra eles!

Bem nesse instante, uma ameixa madura caiu em seu papel e deixou uma marca grande e grudenta.

– Minha nossa! – exclamou Moomin Pai. – Moomin e Sniff devem ter voltado pra casa!

E virou-se para repreendê-los. Mas não havia ninguém atrás dele: em vez das crianças, ele se pegou olhando fixamente para um arbusto espesso, coberto de frutos amarelos. Moomin Pai deu um salto, e de toda parte caíram ameixas azuis sobre ele. Depois, ele notou que um grande galho estava crescendo devagar na direção da janela, com brotos verdes germinando para todo lado.

– Olá! – gritou Moomin Pai. – Acordem, todos! Venham rápido!

Moomin Mãe acordou de repente, e, para sua surpresa, viu que seu quarto estava cheio de pequenas flores brancas, dependuradas no teto em guirlandas de folhas.

– Oh, que lindo! – disse. – Moomin deve ter feito essa surpresa pra mim. – E afastou com cuidado a cortina de flores ao lado de sua cama e pisou no chão.

– Olá! – Moomin Pai ainda estava gritando do outro lado da parede. – Abram a porta! Não consigo sair!

Mas Moomin Mãe não conseguiu abrir a porta do quarto dele, porque ela estava totalmente coberta de trepadeiras. Então, quebrou uma vidraça em sua própria porta e, sem muita dificuldade, espremeu-se por ela até o patamar da escada. Havia uma pequena floresta nos degraus, e a sala de desenho era uma verdadeira selva.

– Essa não! – disse Moomin Mãe. – Claro que é o chapéu, de novo. – Sentou-se e se abanou com uma folha de palmeira.

Os brotos cresciam pelas chaminés e desciam pelo telhado, cobrindo toda a casa dos Moomins com um grosso carpete verde, enquanto, lá fora, na chuva, Moomin olhava para o grande monte verde, onde as flores continuavam a abrir as pétalas e as frutas amadureciam, de verde para amarelo, de amarelo para vermelho.

– De todo modo, a escada ficava aqui – disse Sniff.

– Está lá dentro – retrucou Moomin, inconsolável. – Mas não conseguimos entrar, e eles não conseguem sair.

Snufkin saiu para explorar o monte verde. Não havia janelas nem portas: só uma massa densa de vegetação. Ele segurou uma trepadeira tão resistente quanto borracha e impossível de mover, mas, quando passava por ela, um galho se enroscou em seu chapéu e o tirou de sua cabeça, e parecia de propósito.

– Mais hobgoblinices – murmurou Snufkin. – Está começando a ficar cansativo.

Enquanto isso, Sniff corria pela varanda coberta e, com um gritinho de alegria, descobriu que a porta do porão estava aberta. Moomin correu até ele e olhou para o buraco negro.

– Todos pra dentro! – disse. – Mas corram, antes que isso aqui também vire uma floresta. – E desceram para o porão escuro, um depois do outro.

– Ei! – gritou Hemulen. – Não consigo passar.

– Então, você pode ficar aí fora e vigiar o Mameluke – disse Snork. – Você também pode estudar as plantas da casa, não pode?

E enquanto o pobre Hemulen choramingava lá fora, na chuva, os outros tentavam encontrar o caminho para subir a escada do porão.

– Estamos com sorte – disse Moomin, quando chegou no topo. – A porta está aberta. Às vezes, vale a pena ser descuidado.

– Eu sou o culpado – chiou Sniff. – Então, podem me agradecer!

Ao empurrarem a porta, deram de cara com uma visão impressionante: Muskarato estava sentado em um galho de árvore, comendo uma pera.

– Onde está mamãe? – perguntou Moomin.

– Está tentando tirar seu pai de dentro do quarto – respondeu Muskarato, amargo. – É isso que dá colecionar plantas. Nunca confiei muito naquele Hemulen. Bem, espero que o paraíso dos Muskaratos seja um lugar pacífico, porque não vou ficar aqui por muito mais tempo.

Nisso, ouviram o barulho de fortes golpes de machado vindo do andar de cima. Em seguida, veio um estampido e um grito de alegria. Moomin Pai estava livre!

– Mãe! Pai! – gritou Moomin, abrindo caminho pela selva até o pé da escada. – O que vocês fizeram enquanto eu estive fora?

– Bem, querido – respondeu Moomin Mãe –, devemos ter sido descuidados com o chapéu mágico mais uma vez. Mas suba aqui: encontrei um pé de groselha no armário.

Foi uma tarde emocionante. Fizeram uma brincadeira na qual Moomin era Tarzan e Miss Snob era Jane. Sniff era o filho de Tarzan, e Snufkin era a chimpanzé, Chita, enquanto Snork rastejava pela vegetação, com grandes dentes feitos de casca de laranja,* fingindo ser o inimigo.

– Agora vou levar Jane embora! – ele gritou, arrastando Miss Snob pelo rabo até um buraco debaixo da mesa de jantar, para que Moomin, quando voltasse para sua casa no lustre e descobrisse o que tinha acontecido, tivesse que descer até o chão, usando uma trepadeira, e correr para resgatá-la. Do alto do armário, ele soltava um berro de Tarzan, e Jane e os outros berravam de volta.

– Bem, as coisas não têm como ficar muito piores do que isso, o que é um consolo – lamentou Muskarato.

Ele tinha se escondido em uma floresta de samambaias, no banheiro, e enrolado um lenço na cabeça, para que nada crescesse em seus ouvidos.

Mas Moomin Mãe estava bastante tranquila.

– Bem, bem – disse ela. – Parece que nossos convidados estão se divertindo muito.

– Espero que sim – respondeu Moomin Pai. – Me passe uma banana, querida, por favor.

---

* Pergunte à sua mãe como fazer isso: ela sabe. *A autora.*

E assim continuou até a noite. Ninguém se preocupou se a porta do porão estava ficando tomada pela vegetação, e ninguém se lembrou do pobre Hemulen. Ele ainda estava sentado, com o vestido molhado, balançando as pernas e vigiando o Mameluke. Às vezes, comia uma maçã ou contava

as pétalas de uma flor selvagem, mas, entre um e outro, ele só suspirava.

Tinha parado de chover, e a noite começava a cair. E, no instante em que o sol se pôs, algo aconteceu ao monte verde em que tinha se transformado a casa dos Moomins: ele começou a murchar, tão rápido quanto tinha crescido; as frutas secaram e caíram no chão; as flores tombaram, e as folhas se enrolaram. E, mais uma vez, a casa se encheu de farfalhares e estalidos.

Hemulen observou por um tempo e depois puxou de leve um galho, que se soltou imediatamente, e estava seco como palha. Hemulen, então, teve uma ideia: juntou uma pilha enorme de varas e galhos, foi até a cabana pegar fósforos e acendeu uma fogueira crepitante no meio do caminho do jardim.

Satisfeito e feliz, sentou-se ao lado das chamas para secar seu vestido e, depois de um tempo, teve outra ideia. Com uma força de super-Hemulen,

arrastou o rabo do Mameluke para o fogo. Peixe assado era a melhor coisa que já tinha experimentado.

Assim, quando a família Moomin e seus amigos abriram caminho pela varanda e forçaram a porta para sair, encontraram um Hemulen muito feliz, que já tinha comido um sétimo do Mameluke.

– Seu miserável! – xingou Snork. – Como vou pesar meu peixe agora?

– Me pese e adicione meu peso a ele – sugeriu Hemulen. Foi um de seus dias mais inteligentes.

– Agora, vamos queimar a selva – disse Moomin Pai.

E carregaram todo o lixo da casa e fizeram a maior fogueira que alguém já tinha visto no vale.

O resto do Mameluke foi assado nas chamas e comido da cabeça ao rabo. Mas muito tempo depois disso, ainda havia brigas sobre o comprimento dele: ia do pé da varanda até os degraus da cabana, ou só até as moitas de lilases?

CAPÍTULO 6

*No qual Tinguti e Vitu entram
na história, trazendo uma mala misteriosa
e seguidos pelo Groke, e como Snork conduz
um caso no tribunal.*

Numa manhã, bem cedo, no começo de agosto, Tinguti e Vitu vieram andando pela montanha e pararam bem onde Sniff tinha encontrado o chapéu de Hobgoblin. Tinguti usava uma capa vermelha, e Vitu carregava uma mala enorme. Tinham vindo de muito longe e estavam bastante cansados; descansaram um pouco, então, e olharam lá para baixo, para o Vale dos Moomins, onde a fumaça da casa dos Moomins estava subindo entre os álamos prateados e as ameixeiras.

– Fumaça – disse Tinguti.

– Cumaça significa fomida – disse Vitu, balançando a cabeça.

E os dois começaram a descer para o vale, conversando daquele jeito estranho que os Tingutis e os

Vitus conversam. (Não é todo mundo que entende, mas o mais importante é que eles se entendem.)

Com cautela, foram pé ante pé até a casa e pararam, tímidos, nos degraus da frente.

– Você acha que endemos potrar? – perguntou Tinguti.

– Pedende – respondeu Vitu. – Não menha tedo se eles forem malsseiros e gro-humorados.

– Bavemos deter na porta? – sugeriu Tinguti. – Mas imagine se alguém bair e serrar!

Exatamente nesse momento, Moomin Mãe pôs a cabeça para fora da janela e gritou:

– Café!

Tinguti e Vitu ficaram tão terrivelmente assustados que pularam na entrada do celeiro de batatas.

– Oh! – disse Moomin Mãe, assustada. – Acho que eram ratos correndo para o celeiro. Sniff, corra lá e leve um pouco de leite pra eles.

Em seguida, ela avistou a mala perto dos degraus. "Bagagem, também", pensou. "Minha nossa, então eles vieram pra ficar."

E saiu para procurar Moomin Pai e pedir para ele arrumar mais duas camas – muito, muito pequenas. Enquanto isso, Tinguti e Vitu tinham mergulhado nas batatas, e só seus olhos estavam à vista; e esperavam, aterrorizados, o que poderia acontecer com eles.

– De qualquer maneira, estou sentindo ceiro de chomida – murmurou Tinguti.

– Alguém está vindo – sussurrou Vitu. – Benhum narulho!

A porta do celeiro rangeu, e no topo da escada apareceu Sniff com uma lanterna em uma pata e um pires na outra.

– Oi! Onde estão vocês? – ele gritou.

Tinguti e Vitu mergulharam mais ainda e se abraçaram apertado.

– Vocês querem um pouco de leite? – perguntou Sniff.

– Não faça senhum binal. – sussurrou Vitu.

– Se vocês acham que vou ficar de pé aqui o dia inteiro – disse Sniff, com raiva –, estão enganados. São uns sem-noção. Ratos bobos, que não têm o bom senso de entrar pela porta da frente!

– Bato robo é você! – retrucaram Tinguti e Vitu, que estavam realmente chateados com isso.

"Ah, então eles são estrangeiros", pensou Sniff. "É melhor ir buscar Moomin Mãe." Trancou a porta do celeiro e correu para a cozinha.

– Então? Eles gostaram do leite? – Moomin Mãe perguntou.

– Eles falam uma língua estrangeira – disse Sniff. – Ninguém entende o que eles dizem.

– Como é essa língua? – perguntou Moomin, que estava descascando ervilhas com Hemulen.

– "Bato robo é você"! – disse Sniff.

Moomin Mãe suspirou.

– Essa vai ser uma boa mistura – disse. – Como vou conseguir descobrir que tipo de bolo eles querem no aniversário deles, ou com quantos travesseiros gostam de dormir?

– Logo vamos aprender a língua deles – disse Moomin – Parece fácil.

– Acho que entendi – disse Hemulen. – Eles não falaram com Sniff que ele era um rato bobo?

Sniff corou e balançou a cabeça.

– Vá lá e converse com eles, se você é tão inteligente – disse.

Então Hemulen arrastou-se até os degraus do celeiro e gritou, amável:

– Bem-vindos à masa dos Coomins!

Tinguti e Vitu enfiaram a cabeça para fora da pilha de batata e olharam para ele.

– Aqui tem um louco de peite – continuou Hemulen.

Com isso, os visitantes correram escada acima e entraram na sala de desenho.

Sniff olhou para os dois e notou que eram muito menores do que ele; então sentiu-se mais generoso e disse, amigavelmente:

– Oi. Prazer em vê-los.

– Obrigado. O nrazer é posso – respondeu Tinguti.

– Isso é ceiro de chomida? – perguntou Vitu.

– O que estão falando agora? – perguntou Moomin Mãe.

– Estão com fome – respondeu Hemulen. – Mas parece que ainda não foram com a cara de Sniff.

– Mande minhas lembranças a eles, então – retrucou Sniff, com raiva. – E diga que nunca na minha vida vi duas caras tão feias. E agora vou sair.

– Raff é snibugento. – disse Hemulen. – Lão niguem.

– Vamos, entrem e tomem um café – disse Moomin Mãe, nervosa, e encaminhou Tinguti e Vitu para a varanda.

Hemulen, muito orgulhoso de sua nova função como intérprete, seguiu-os.

E foi assim que Tinguti e Vitu vieram morar na casa dos Moomins. Não faziam muito barulho, passavam a maioria do tempo juntos e nunca perdiam sua mala de vista. Mas, naquele primeiro dia, ao cair da noite, começaram a ficar preocupados: corriam como loucos para cima e para baixo na escada e acabaram se escondendo debaixo do tapete da sala de desenho.

– Pral é o quoblema? – perguntou Hemulen.

– O Groke está vindo! – sussurrou Vitu.

– Groke? Quem é esse? – perguntou Hemulen, ficando um pouco assustado.

– Tande, gruel e cerrível! – disse Vitu. – Pranque a torta pra ele não entrar.

Hemulen correu até Moomin Mãe e deu a péssima notícia:

– Eles disseram que um Groke grande, cruel e terrível está vindo pra cá. Temos de trancar todas as portas esta noite.

– Mas acho que nenhuma das portas tem chave, exceto a do celeiro – disse Moomin Mãe, com voz preocupada. – Minha nossa! É sempre assim com recém-chegados.

E foi conversar com Moomin Pai sobre a questão.

– Temos de nos armar e empurrar os móveis pra frente da porta – declarou Moomin Pai. – Um Groke grande assim pode ser perigoso. Vou colocar um despertador na sala de desenho, e Tinguti e Vitu podem dormir debaixo de minha cama.

Mas Tinguti e Vitu já tinham se enfiado na gaveta de uma escrivaninha e se recusavam a sair.

Moomin Pai balançou a cabeça e foi à cabana buscar sua espingarda.

As noites já estavam começando mais cedo; os pirilampos voavam com suas pequenas lanternas, e o jardim estava repleto de sombras negras e aveludadas. O vento soprava melancólico pelas árvores, e Moomin Pai sentiu uma sensação estranha tomar conta dele, ao descer o caminho. E se esse Groke estiver escondido atrás de um arbusto? Como seria ele? E, mais importante ainda, seria muito grande? Quando entrou em casa de novo, empurrou o sofá para a frente da porta e avisou:

– Temos de deixar a luz acesa a noite inteira. Todos devem ficar alertas, e Snufkin deve dormir dentro de casa.

Era muito emocionante... Depois, Moomin Pai bateu na gaveta da escrivaninha e disse:

– Vamos protegê-los!

Mas ninguém respondeu, então ele abriu a gaveta para ver se Tinguti e Vitu já tinham sido sequestrados. No entanto, os dois dormiam pacificamente, com a mala ao lado.

– Enfim, vamos dormir – disse Moomin Pai. – Mas armem-se, todos.

Com muito barulho e falatório, foram para seus quartos, e agora o silêncio reinava na casa dos Moomins, enquanto o solitário lampião de querosene queimava na mesa da sala de desenho.

Era meia-noite. Depois, o relógio bateu uma hora. Um pouco depois das duas horas, Muskarato acordou e saiu da cama. Sonolento, cambaleou escada abaixo e parou, surpreso, em frente ao sofá que bloqueava a porta.

– Que ideia! – murmurou, tentando empurrar o móvel, e com isso, claro, o despertador que Moomin Pai tinha posto lá começou a tocar.

Em um instante, a casa foi tomada por gritos, tiros e batidas de pés, enquanto todos desciam correndo até a sala de desenho, armados com machados, espadas, ancinhos, pedras, facas e tesouras, e ficavam parados, em pé, olhando para Muskarato.

– Onde está o Groke? – perguntou Moomin.

– Ah, sou só eu – respondeu Muskarato, ranzinza. – Só queria olhar as estrelas. Me esqueci completamente desse Groke idiota.

– Então, saia de uma vez – disse Moomin. – Mas não faça isso de novo. – E empurrou a porta.

Mas aí... eles viram o Groke! Todos viram. Estava sentado sem se mexer, no caminho de areia, ao pé da escada, e olhava para eles com olhos redondos e sem expressão.

Ele não era especialmente grande nem parecia muito perigoso, mas dava para sentir que era terrivelmente mau e que esperaria ali para sempre. E isso era horrível.

Ninguém conseguia juntar coragem suficiente para atacar. O Groke ficou sentado lá por um tempo e, depois, esgueirou-se para a escuridão. Mas, no lugar onde ele tinha sentado, o chão estava congelado!

Snork fechou a porta e tremeu.

– Pobres Tinguti e Vitu! – disse. – Hemul, vá ver se eles estão acordados.

Estavam.

– Ele foi embora? – perguntou Tinguti.

– Foi, pocês vodem pormir em daz agora – respondeu Hemulen.

Tinguti e Vitu suspiraram:

– Binda aem!

Empurraram a mala na gaveta o mais fundo que conseguiram e foram dormir de novo.

– Podemos voltar pra cama agora? – perguntou Moomin Mãe, pondo seu machado no chão.

– Sim, mãe – respondeu Moomin. – Snufkin e eu vamos montar guarda até o Sol nascer. Mas guarde sua bolsa debaixo do travesseiro, só pra garantir.

Ele e Snufkin se sentaram na sala de desenho e jogaram baralho até de manhã.

E não se ouviu mais falar do Groke naquela noite.

Na manhã seguinte, Hemulen, ansioso, foi à cozinha e disse:

– Estive conversando com Tinguti e Vitu.

– Então, o que foi agora? – perguntou Moomin Mãe, com um suspiro.

– É a mala deles que o Groke quer – explicou Hemulen.

– Que monstro! – exclamou Moomin Mãe. – Roubar suas poucas posses!

– Pois é, eu sei – disse Hemulen. – Mas há um detalhe que deixa a coisa toda mais complicada: parece que a mala é do Groke. Ele sempre arruma tudo muito bem.

Snork ficou muito interessado.

– É um caso bastante extraordinário – comentou. – Precisamos fazer uma reunião. Vamos nos encontrar nos arbustos de lilases, às três horas, pra discutir a questão.

Era uma dessas lindas tardes quentes, tomadas pelo perfume das flores e o zumbido das abelhas, e o jardim estava brilhante, com as cores fortes do final do verão.

A rede de Muskarato estava dependurada entre dois arbustos e, nela, um aviso que dizia:

PROMOTOR para o Groke

O próprio Snork, usando uma peruca, estava sentado atrás de uma caixa: todos podiam ver que ele era o juiz. À sua frente, estavam Tinguti e Vitu, comendo cerejas, no banco dos réus.

– Quero ser o promotor deles – disse Sniff (que não tinha se esquecido de que os dois o tinham chamado de rato bobo).

– Nesse caso, vou ser o advogado de defesa – disse Hemulen.

– E eu? – perguntou Miss Snob.

– Você pode ser a testemunha da família Moomin – disse seu irmão. – E Snufkin pode tomar notas sobre o processo da Corte. Mas você tem de fazer isso direito, Snufkin!

– Por que o Groke não tem um advogado de defesa? – perguntou Sniff.

– Não é necessário – respondeu Snork –, porque o Groke está em seu direito. Tudo claro, agora? Certo. Vamos começar.

Deu três marteladas na caixa.

– Você vonsegue cer? – perguntou Tinguti.

– Mão nuito – respondeu Vitu, cuspindo uma semente de cereja no juiz.

– Vocês não devem falar nada até que eu mande – disse Snork. – Sim ou não. Nada mais. A mala citada pertence a vocês ou ao Groke?

– Sim – disse Tinguti.

– Não – disse Vitu.

– Escreva que eles se contradisseram – gritou Sniff.

Snork bateu na caixa.

– Silêncio! – gritou. – Agora, vou perguntar pela última vez: de quem é a mala?

– Nossa! – disse Tinguti.

– Agora, dizem que é deles – lamentou Hemulen. – Hoje de manhã, disseram o oposto.

– Bem, então não temos de entregá-la pro Groke – disse Snork, com um suspiro de alívio. – Mas é uma pena, depois de toda a minha preparação.

Tinguti inclinou-se e sussurrou algo no ouvido de Hemulen.

– Eles estão dizendo – declarou Hemulen – que só o conteúdo da mala pertence ao Groke.

– Rá! – exclamou Sniff. – Posso acreditar muito bem nisso. Agora tudo está perfeitamente claro.

O Groke pega seu conteúdo de volta e esses caras feias ficam com sua mala velha.

– Não está nada claro! – gritou Hemulen, corajoso. – A questão não é a quem pertence o conteúdo, mas quem tem mais direito a ele. A coisa certa no lugar certo. Vocês viram o Groke, não viram? Agora, pergunto: ele parece ter direito ao conteúdo?

– É verdade – disse Sniff, surpreso. – Muito esperto, Hemul. Mas, por outro lado, pensem como o Groke deve se sentir sozinho porque ninguém gosta dele, e odeia todo mundo. Talvez o conteúdo seja a única coisa que ele tem. Vocês tirariam isso dele também, sozinho e rejeitado na noite? – Sniff se tornava mais emocionado, e sua voz tremia. – Tinguti e Vitu roubaram sua única posse. – Ele assoou o nariz e não pôde continuar.

Snork bateu na caixa.

– O Groke não precisa de defesa – disse. – Além disso, seu ponto de vista é parcial, e o de Hemulen, também. Testemunhas, avancem! Falem!

– Gostamos muito de Tinguti e Vitu – declarou a testemunha da família Moomin. – Não simpatizamos com o Groke desde o começo. Seria uma pena se ele pegasse o conteúdo de volta.

– O certo é o certo – declarou Snork, solene. – Precisamos ser justos. Principalmente, porque Tinguti e Vitu não sabem a diferença entre certo e errado. Eles nasceram assim e não podem fazer nada sobre isso. Promotor, o que o senhor tem a dizer?

Mas Muskarato tinha ido dormir em sua rede.

– Bem, bem – disse Snork –, tenho certeza de que ele não estava interessado mesmo... Já dissemos tudo o que deveríamos, antes de eu declarar meu veredito?

– Desculpe – disse a testemunha da família Moomin – mas não seria mais fácil se a gente soubesse o que é o conteúdo?

Tinguti sussurrou algo novamente. Hemulen balançou a cabeça.

– É um segredo – disse. – Tinguti e Vitu acham que o conteúdo é a coisa mais linda do mundo, mas o Groke só acha que é a mais cara.

Snork balançou a cabeça muitas vezes e franziu a testa.

– Este é um caso difícil – disse. – Tinguti e Vitu argumentaram corretamente, mas agiram mal. Certo é certo. Tenho de pensar. Silêncio, agora!

Estava bastante silencioso entre as moitas de lilases, exceto pelo zumbido das abelhas, enquanto o jardim se aquecia à luz do Sol.

De repente, uma brisa fria soprou sobre a grama. O Sol se escondeu atrás de uma nuvem, e o jardim parecia embaçado.

– O que foi isso? – perguntou Snufkin e levantou a caneta de suas anotações.

– Ele está aqui de novo – sussurrou Miss Snob.

Na grama congelada, estava sentado o Groke, olhando fixamente para eles. Depois olhou direto para Tinguti e Vitu, começou a rosnar e foi se aproximando devagar.

– Erem pale! Erem pale! Sorroco! Socale! – Tinguti e Vitu gritaram, bem confusos de tanto medo.

– Pare, Groke! – disse Snork. – Tenho algo para lhe dizer!

O Groke parou.

– Já pensei o suficiente – continuou Snork. – Você concordaria com Tinguti e Vitu comprarem o conteúdo da mala? E, se sim, qual seria o preço?

– Alto – respondeu o Groke, com voz gelada.

– Meu ouro da Ilha dos Amperinos seria suficiente? – perguntou Snork.

– Não – respondeu o Groke, tão frio quanto antes.

Exatamente nesse momento, Moomin Mãe percebeu como estava frio e decidiu buscar seu xale. Correu pelo jardim, onde a geada tinha marcado as pegadas do Groke, e subiu até a varanda. Lá, teve uma ideia. Depois de pegar o chapéu de Hobgoblin, ela voltou ao tribunal, pôs o chapéu na grama e disse:

– Aqui está a coisa mais valiosa em todo o Vale dos Moomins, Groke! Você sabe o que já nasceu deste chapéu? Suco de framboesa, árvores frutíferas e as mais lindas nuvens voadoras: o único chapéu de Hobgoblin do mundo!

– Mostre! – disse o Groke, com desdém.

Moomin Mãe pôs algumas cerejas no chapéu, e todos esperaram em silêncio mortal.

– Tomara que elas não se transformem em alguma coisa terrível – sussurrou Snufkin para Hemulen.

Mas eles estavam com sorte. Quando o Groke olhou dentro do chapéu, viu um punhado de rubis.

– Viu? – disse Moomin Mãe, feliz. – Imagine o que aconteceria se você colocasse uma abóbora aí dentro?

O Groke olhou para o chapéu. Depois olhou para Tinguti e Vitu. Olhou de novo para o chapéu. Dava para ver que ele estava pensando com toda a sua capacidade. Então, agarrou o chapéu e, sem falar uma palavra, arrastou-se para dentro da floresta, como uma sombra cinza gelada. Foi a última vez que foi visto no Vale dos Moomins – e o chapéu de Hobgoblin também nunca mais foi visto.

Logo as cores ficaram mais fortes de novo, e o jardim se encheu de barulhos e cheiros do verão.

– Ainda bem que ficamos livres daquele chapéu! – disse Moomin Mãe. – Pelo menos uma vez, ele serviu para alguma coisa.

– Mas as nuvens eram divertidas – disse Sniff.

– E brincar de Tarzan na selva – acrescentou Moomin, triste.

– Voa biagem para nele aquojento! – disse Tinguti, pegando a mala em uma mão e Vitu na outra.

E, juntos, saíram na direção da casa dos Moomins, enquanto os outros os observavam.

– O que eles falaram agora? – perguntou Sniff.

– Bem, "Boa viagem!" é suficiente – disse Hemulen.

CAPÍTULO 7

*Que é muito longo e descreve a partida de Snufkin;
e como o conteúdo da mala misteriosa foi revelado;
e também como Moomin Mãe encontrou sua bolsa
e organizou uma festa para comemorar; e, finalmente,
como Hobgoblin chegou ao Vale dos Moomins.*

Era final de agosto, quando as corujas piam à noite e bandos de morcegos mergulham em silêncio sobre o jardim. O Bosque dos Moomins estava cheio de pirilampos, e o mar estava calmo. Havia expectativa e certa tristeza no ar, e a Lua da colheita nascia grande e amarela. Moomin sempre tinha preferido essas duas últimas semanas de verão, mas realmente não sabia por quê.

O vento e o mar tinham mudado de tom. Havia uma nova sensação no ar; as árvores pareciam à espera de algo, e Moomin se perguntava se alguma coisa estranha iria acontecer. Ele tinha acordado e continuava deitado, olhando para o teto, pensando nos raios de Sol e que ainda deveria ser bem cedo.

Quando virou o rosto, viu que a cama de Snufkin estava vazia. Naquele momento, ouviu o sinal secreto debaixo de sua janela: um assovio longo e dois curtos, que significavam: "Quais são seus planos pra hoje?".

Moomin saltou da cama e olhou pela janela. O sol ainda não tinha chegado ao jardim, e lá embaixo parecia fresco e convidativo. Snufkin estava esperando.

– Ih-huu! – disse Moomin, bem baixo para não acordar ninguém, e desceu pela escada de corda.

Os dois amigos trocaram "ois", desceram para o rio e sentaram-se na ponte com as pernas balançando dentro da água. A essa altura, o Sol estava acima do topo das árvores e brilhava direto nos olhos deles.

– A gente estava sentado exatamente assim, na primavera – disse Moomin. – Você lembra? Tínhamos acabado de acordar do sono do inverno, e era o primeiro dia. Todos os outros ainda estavam dormindo.

Snufkin balançou a cabeça. Estava ocupado fazendo barcos de palha e pondo-os para navegar rio abaixo.

– Para onde eles estão indo? – perguntou Moomin.

– Para lugares aonde eu não estou indo – respondeu Snufkin, enquanto os barcos, um depois do outro, contornavam a curva do rio e desapareciam.

— Carregados com canela, dentes de tubarão e esmeraldas — disse Moomin. — Você falou sobre planos — continuou. — Tem mesmo um?

— Tenho — respondeu Snufkin. — Tenho um plano. Mas é um plano solitário, sabe?

Moomin olhou para ele por um longo tempo e disse:

— Está pensando em ir embora.

Snufkin balançou a cabeça, e os dois ficaram sentados, balançando as pernas na água, sem falar nada, enquanto o rio continuava a passar debaixo deles, indo para todos os lugares estranhos com os quais Snufkin sonhava e para onde iria sozinho.

— Quando você vai? — perguntou Moomin.

— Agora, imediatamente! — respondeu Snufkin, jogando de uma vez todos os barcos de palha na água.

Num pulo, saiu da ponte e inspirou o ar da manhã. Era um bom dia para começar uma jornada: a crista da colina acenou para ele à luz do Sol, com a estrada subindo em curvas até o topo e desaparecendo do outro lado, para encontrar outro vale e outra colina...

Moomin ficou de pé, observando, enquanto Snufkin empacotava sua barraca.

— Você vai ficar muito tempo longe daqui? — perguntou.

— Não — respondeu Snufkin. — No primeiro dia da primavera, vou estar aqui de novo, assoviando debaixo de sua janela. Um ano passa muito rápido!

— Sim — disse Moomin. — Tchau, então!

— Até mais! — disse Snufkin.

Moomin ficou sozinho na ponte. Viu Snufkin ficar cada vez menor, até desparecer entre os álamos prateados e as ameixeiras. Depois de um tempo, ouviu a gaita tocando "Todas as criaturinhas deveriam ter laços em seus rabos" e soube que seu amigo estava feliz. Esperou a música ficar mais e mais baixa, até que não pôde mais ouvi-la, e correu para casa pelo jardim coberto de orvalho.

Nos degraus da varanda, encontrou Tinguti e Vitu enrolados um no outro tomando sol.

– Dom bia, Moomin! – disse Tinguti.

– Dom bia, Vinguti e Titu! – respondeu Moomin, que tinha aprendido a estranha língua de Tinguti e Vitu.

– Você está chorando? – perguntou Vitu.

– N...não – respondeu Moomin. – É só que Snufkin foi embora.

– Oh, não! Pe quena! – disse Tinguti, solidário.

– Você se sentiria melhor se Bitu lhe desse um veijo?

Vitu deu um beijo em Moomin, mas isso não o fez mais feliz.

Os dois se aproximaram, então, e cochicharam por um longo tempo; finalmente Vitu anunciou, solene:

– Decidimos que vamos mostrar o conteúdo pra você.

– Da mala? – perguntou Moomin.

Tinguti e Vitu balançaram a cabeça, ansiosos.

– Venha conosco! – chamaram, e enfiaram-se sob a cerca viva.

Moomin se arrastou atrás deles e descobriu que tinham feito um esconderijo na parte mais espessa dos arbustos. Tinham coberto essa parte com flanela e decorado com conchas e pedrinhas brancas. Era bem escuro lá, e ninguém que passasse pela cerca desconfiaria que havia um esconderijo do outro lado. Sobre uma esteira de palha, estava a mala de Tinguti e Vitu.

– A esteira de Miss Snob! – exclamou Moomin. – Ontem mesmo ela estava procurando isso.

– Ah, é – concordou Vitu. – Nós a encontramos, mas ela não sabe, claro.

– Hum... – disse Moomin. – E agora? Vocês não iam me mostrar o que tem na mala?

Os dois balançaram a cabeça, alegres, e, cada um em pé de um lado da mala, disseram, solenes:

– Vaparar, prepontar, ai!

E abriram de uma vez.

– Minha nossa! – exclamou Moomin. Uma suave luz vermelha iluminou todo o ambiente, e diante dele apareceu um rubi tão grande quanto a cabeça de uma pantera, brilhando como o pôr do Sol, como fogo ardente.

– Você mostou guito? – perguntou Tinguti.

– Sim – respondeu Moomin, com uma voz fraca.

– E agora não vai mais chorar, vai? – perguntou Vitu.

Moomin balançou a cabeça.

Tinguti e Vitu suspiraram, contentes, e se acomodaram para contemplar a pedra preciosa. Olhavam para ela em êxtase.

O rubi mudava de cor o tempo todo. Primeiro, era bastante pálido; de repente, um brilho rosa transbordava dele, como o nascer do Sol em uma montanha coberta de neve; depois, chamas carmim explodiam do coração da pedra, e ela ficava parecendo uma grande tulipa negra com estames de fogo.

– Oh, se ao menos Snufkin pudesse ver isso... – suspirou Moomin, e ficou lá por um longo tempo, até que o tempo se cansou e seus pensamentos ficaram muito grandes.

Finalmente, ele disse:

– Foi maravilhoso! Posso voltar e olhar pra ele outro dia?

Como Tinguti e Vitu não responderam, Moomin arrastou-se sob a cerca de novo, sentindo-se um pouco tonto à luz pálida do dia, e teve de sentar na grama por um instante, enquanto se refazia.

– Minha nossa! – exclamou. – Dou minha mão à palmatória se aquele não for o Rubi do Rei, que o Hobgoblin ainda está procurando nas crateras da Lua. E pensar que essa pequena dupla fora do comum estava com ele na mala esse tempo todo!

Nesse momento, Miss Snob apareceu no jardim e veio se sentar ao lado dele, mas Moomin estava tão perdido em pensamentos que não a notou. Depois de um tempo, ela cutucou de leve o tufo do rabo dele.

– Oh, é você! – assustou-se Moomin, dando um salto.

Miss Snob sorriu, tímida.

– Viu meu cabelo? – perguntou, tocando a cabeça.

– Certo, vamos ver... – disse Moomin, sem prestar atenção.

– Qual é o problema? – ela perguntou.

– Minha querida pétala de rosa, não consigo explicar, nem pra você. Mas meu coração está muito sentido. Sabe, Snufkin foi embora.

– Oh, não! – Miss Snob ficou triste.

– Verdade. Mas ele se despediu de mim, antes de ir – Moomin explicou. – Ele não quis acordar ninguém.

Os dois se sentaram ali por um tempo, o Sol aquecendo pouco a pouco suas costas, e depois Sniff e Snork apareceram na escada.

– Oi! – disse Miss Snob. – Vocês estão sabendo que Snufkin foi para o sul?

– O quê? Sem mim? – perguntou Sniff, indignado.

– Às vezes, precisamos ficar sozinhos – disse Moomin. – Mas você ainda é muito novo pra entender isso. Onde estão os outros?

– Hemulen foi catar cogumelos – disse Snork. – Muskarato levou sua rede pra dentro, porque acha que as noites estão começando a ficar frias. E sua mãe está de péssimo humor hoje.

– Brava ou triste? – perguntou Moomin, surpreso.

– Mais pra triste, acho – informou Snork.

– Então, tenho de entrar e vê-la agora – disse Moomin.

Encontrou Moomin Mãe sentada no sofá da sala de desenho, parecendo muito triste.

– O que houve, mãe? – perguntou.

– Querido, algo terrível aconteceu – ela disse. – Minha bolsa desapareceu. Não consigo fazer nada sem ela. Já procurei em todo lugar, mas não está aqui.

Moomin, então, organizou uma busca da qual todos participaram, com exceção de Muskarato.

– De todas as coisas desnecessárias – disse ele –, a bolsa de sua mãe é a mais desnecessária de todas. Afinal de contas, o tempo passa e os dias mudam exatamente da mesma maneira, independente de ela estar ou não com a bolsa.

– Não é essa a questão – disse Moomin, indignado. – Tenho de confessar que me sinto muito estranho vendo mamãe sem sua bolsa. Nunca a vi sem ela antes!

– Havia muita coisa nela? – perguntou Sniff.

– Não – respondeu Moomin. – Só coisas que podemos precisar em uma emergência, como meias secas, doces, remédio pra dor de barriga e coisas assim.

– Que recompensa ganhamos se a encontrarmos? – Sniff quis saber.

– Quase qualquer coisa! – respondeu Moomin Mãe. – Já sei, vou fazer uma grande festa, e vocês podem comer só bolo, e ninguém precisa tomar banho nem ir pra cama cedo!

Depois disso, a busca continuou duas vezes mais intensa. Procuraram pela casa inteira. Olharam debaixo dos tapetes e das camas, no forno e no celeiro, no sótão e no telhado. Vasculharam todo o jardim, a cabana e o rio. A bolsa não estava em nenhum lugar.

– Talvez você tenha subido em uma árvore com ela ou a tenha levado pra tomar banho... – perguntou Sniff.

Mas Moomin Mãe só balançou a cabeça e lamentou:

– Oh, que dia triste!

Snork sugeriu que publicassem um aviso no jornal – o que eles fizeram –, e o jornal saiu com duas grandes manchetes na primeira página:

SNUFKIN DEIXA O VALE DOS MOOMINS
Partida misteriosa ao alvorecer.

E, em letras um pouco maiores:

BOLSA DE MOOMIN MÃE DESAPARECE
Nenhuma pista.
Busca em andamento.
Como recompensa para quem encontrar, maior
festa de agosto já vista.

Logo que a notícia se espalhou, uma multidão se reuniu no bosque, nas colinas e ao longo do mar; até os menores ratos da floresta se juntaram à busca. Somente os idosos e os doentes ficaram em casa, e o vale inteiro ecoou com tanta gritaria e correria.

– Minha nossa! – disse Moomin Mãe. – Que agitação!

Mas, no fundo, estava feliz com aquilo.

– O que é coda essa tonfusão? – perguntou Tinguti.

– Minha bolsa, claro, querido! – respondeu Moomin Mãe.

– A preta? – perguntou Tinguti. – Aquela na qual você pode se ver e que tem batro quaequenos polsos?

– O que você disse? – perguntou Moomin Mãe, que estava animada demais para ouvir os dois.

– A preta que tem batro quolsos? – repetiu Tinguti.

– Sim, sim – disse Moomin Mãe. – Corram e vão brincar, queridos, não me preocupem agora.

– O que você acha? – perguntou Vitu, quando saíram no jardim.

– Não consigo vê-la tão triste – respondeu Tinguti.

– Acho que demos de tevolvê-la – disse Vitu, com um suspiro. – Pe quena! Era dão tom bormir nos bequenos polsos...

Tinguti e Vitu foram ao seu esconderijo, que ninguém tinha descoberto ainda, e tiraram a bolsa de Moomin Mãe de uma roseira. Era exatamente meio-dia quando atravessaram o jardim, arrastando a bolsa entre eles. O falcão avistou a pequena procissão e partiu para espalhar a notícia pelo Vale dos Moomins. Logo a manchete do jornal anunciou:

ENCONTRADA BOLSA DE MOOMIN MÃE.
Por Tinguti e Vitu.
Cenas tocantes na casa dos Moomins.

– É realmente verdade?! – Moomin Mãe explodiu. – Oh, que maravilha! Onde vocês a encontraram?

– Em uma roseira – começou Tinguti. – Era tão boa pra dormir...

Nesse momento, um bando de pessoas entrou correndo para dar parabéns a eles, e Moomin Mãe nunca descobriu que sua bolsa estava sendo usada como quarto por Tinguti e Vitu. (E talvez tenha sido melhor assim.)

Depois disso, todo mundo só pensava na grande festa de agosto, que aconteceria naquela noite, e tudo tinha de estar pronto antes de a Lua surgir. Como é bom preparar uma festa que você sabe que vai ser divertida, e à qual todas as pessoas certas virão! Até Muskarato mostrou algum interesse.

– Você deve pôr muitas mesas – ele disse. – Pequenas e grandes, e em lugares inesperados. Ninguém quer ficar sentado no mesmo lugar em uma festa tão grande. Acho que vai haver mais agitação do que o normal. Primeiro, você deve oferecer as melhores coisas que tem. Mais tarde, não vai fazer diferença, pois eles vão estar se divertindo de qualquer maneira. E não os incomode com música e coisas do gênero, deixe que decidam a programação por si mesmos.

Depois de produzir esse surpreendente trecho de sabedoria mundana, Muskarato se retirou para sua rede com o livro "A inutilidade de tudo".

– O que devo usar? – perguntou Miss Snob a Moomin, nervosa. – O enfeite de cabelo de pena azul ou a coroa de pérolas?

– Vá com as penas – ele disse. – Só as penas ao redor das orelhas e calcanhares. E talvez duas ou três presas no tufo do rabo.

Agradecida, ela saiu correndo e, na porta, trombou com Snork, que carregava algumas lanternas de papel e murmurou, com raiva, algo sobre a inutilidade das irmãs, antes de sair para o jardim e começar a dependurar as lanternas nas árvores.

Enquanto isso, Hemulen instalava os fogos de artifício em lugares adequados. Tinha Luzes de Bengala, Chuva de Estrelas Azuis, Fontes Prateadas e Foguetes que explodiam em estrelas.

– Isso é tão incrivelmente emocionante! – disse Hemulen. – Não podemos soltar um, só pra testar?

– Não seria visível à luz do dia – explicou Moomin Pai. – Mas pegue um rojão e solte no celeiro, se quiser.

Moomin Pai estava ocupado na varanda, fazendo ponche em um barril. Ele adicionou amêndoas, passas, suco de lótus, gengibre, açúcar e flores de noz moscada, um ou dois limões e um pouco de licor de morango, para deixá-lo especialmente gostoso. De vez em quando, experimentava um pouco: estava muito bom.

– Uma coisa é muito triste – Sniff observou. – Não teremos música, Snufkin não está aqui.

– Vamos usar o rádio – disse Moomin Pai. – Você vai ver, vai dar tudo certo, e faremos o segundo brinde em nome de Snufkin.

– E em nome de quem vai ser o primeiro, então? – perguntou Sniff, esperançoso.

– Tinguti e Vitu, claro – disse Moomin Pai.

Os preparativos estavam ficando cada vez mais frenéticos. Toda a população do vale, do bosque, das colinas e da costa ia chegando com comida e bebida, que espalhavam pelas mesas no jardim: havia altas pilhas de frutas brilhantes e pratos de sanduíches nas mesas maiores; nas menores, espigas de milho e frutinhas em palitos, e montes de nozes sobre suas próprias folhas. Moomin Mãe pôs na banheira o óleo para fritar as panquecas, pois não havia panelas suficientes, e trouxe do celeiro onze enormes jarras de suco de framboesa. (A décima-segunda, sinto muito dizer, quebrou-se quando

Hemulen foi lá, mais cedo, soltar o rojão – mas não teve importância, porque Tinguti e Vitu lamberam quase tudo.)

Quando estava escuro o suficiente para acender as lanternas, Hemulen bateu o gongo como um sinal para a festa começar.

Tinguti e Vitu estavam sentados sobre a maior mesa.

– Que chique! – comentaram. – Tanta compa e pircunstância em nossa homenagem! Não ensigo contender...

No começo estava tudo muito sério, pois todos estavam vestidos com suas melhores roupas e se sentiam um pouco estranhos e desconfortáveis. Cumprimentavam-se e faziam reverências, dizendo:

– Que bom que não choveu, e fico feliz que a bolsa tenha sido encontrada. – E ninguém ousava sentar-se.

Em seguida, Moomin Pai fez um discurso, começando por explicar por que a festa estava acontecendo e agradecendo a Tinguti e Vitu; depois, fez algumas observações sobre as curtas noites de agosto e sobre como todos deviam estar muito felizes. E logo começou a falar sobre como as coisas eram quando ele era jovem. Esse foi o sinal para Moomin Mãe trazer um carrinho de panquecas, e todos aplaudiram.

As coisas começaram a se animar, e logo a festa estava a mil. O jardim inteiro – na verdade, o vale inteiro – estava cheio de mesas iluminadas, cintilando com pirilampos, e as lanternas nas árvores balançavam como frutas brilhantes à brisa da noite.

Os foguetes saltaram orgulhosos para o céu de agosto e explodiram infinitamente alto, com uma chuva de estrelas brancas que desceram devagar sobre a vale. Todos os animaizinhos levantaram o nariz para a chuva estrelada e comemoraram: – Oh, maravilhoso!

A Chuva Prateada começou a cair, e as Luzes de Bengala se espalharam sobre o topo das árvores. Pelo caminho do jardim, veio Moomin Pai rolando o barril de ponche. Todos correram com seus copos, e Moomin Pai encheu cada um – xícaras e tigelas, canecas de casca de bétula, conchas e até cornetas feitas de folhas.

– Saúde para Tinguti e Vitu! – gritou o Vale dos Moomins. – Hip, hip, hurra! Hip, hip, hurra! Hip, hip, hurra!

– Fias delizes! – brindaram Tinguti e Vitu, e beberam à saúde um do outro.

Moomin subiu em uma cadeira e anunciou:

– Agora, quero fazer um brinde a Snufkin, que está viajando sozinho para o sul, mas com certeza sentindo-se tão feliz quanto nós aqui. Vamos desejar a ele boa sorte e paz!

E todos levantaram seus copos.

– Você falou muito bem – disse Miss Snob, quando Moomin se sentou.

– Oh, bem... – ele respondeu, sem graça. – Claro que tinha planejado tudo antes.

Moomin Pai carregou o rádio para o jardim e o sintonizou em música dançante americana. Em pouco tempo, o vale estava repleto de danças, saltos, pés batendo, giros e piruetas. As árvores estavam cobertas por espíritos dançantes, e até ratinhos de perna dura se arriscaram na pista de dança.

Moomin fez uma profunda reverência para Miss Snob e disse:

– Você me dá o prazer? – Mas, quando olhou para cima, avistou uma luz brilhante ultrapassando o topo das árvores.

Era a Lua de agosto que apontava, com uma cor laranja forte, incrivelmente grande e um pouco abaulada nas bordas, como um pêssego em lata, enchendo o Vale dos Moomins com luzes e sombras misteriosas.

– Olhe! Esta noite, dá pra ver as crateras da Lua – disse Miss Snob.

– Deve ser um lugar muito solitário – disse Moomin. – Pobre Hobgoblin, lá em cima, caçando!

– Se tivéssemos um bom telescópio, não conseguiríamos vê-lo? – perguntou Miss Snob.

Moomin concordou, mas lembrou-a da dança, e a festa continuou, mais animada do que nunca.

– Você está cansado? – perguntou Vitu.

– Não – respondeu Tinguti. – Só estou pensando. Todos toram fão cons bonosco. Precisamos fentar tazer alguma coisa por eles. – E os dois cochicharam por um tempo, balançaram a cabeça e cochicharam de novo. Depois foram ao esconderijo e, quando voltaram, vinham puxando a mala entre eles.

Era bem depois da meia-noite quando o vale foi tomado por uma luz vermelha-rosada. Todos pararam de dançar, pois pensaram que era outro fogo de artifício, mas eram só Tinguti e Vitu abrindo a mala. O Rubi do Rei brilhava na grama, mais lindo do que nunca, fazendo com que o fogo, as lanternas e até a Lua parecessem pálidos e abatidos. Maravilhados e sem palavras, todos se juntaram ao redor da joia brilhante.

– Nunca pensei que alguma coisa pudesse ser tão linda! – exclamou Moomin Mãe.

Sniff soltou um suspiro profundo e disse:

– Tinguti e Vitu sortudos!

Mas, enquanto o Rubi do Rei brilhava como um olho vermelho na terra escura, lá do alto, na Lua, Hobgoblin avistou a pedra. Tinha desistido de procurar e estava sentado, cansado e triste, na beirada de uma cratera, enquanto sua pantera negra dormia um pouco adiante. Logo reconheceu o ponto vermelho lá embaixo, na Terra: era o maior rubi do mundo, o Rubi do Rei, que vinha procurando há séculos! Levantou-se, com olhos reluzentes, puxou as luvas e fechou a capa em volta dos ombros. Jogou todas as outras joias no chão: Hobgoblin só se preocupava com uma única pedra preciosa, e essa ele ia segurar em menos de meia-hora.

A pantera se jogou no ar com seu mestre nas costas, e começaram a voar mais rápido do que a luz. Meteoros atravessavam seu caminho, e poeira estelar caía como neve na capa de Hobgoblin, e o fogo vermelho lá embaixo parecia queimar, cada vez mais brilhante. Foram direto para o Vale dos Moomins, e, com um último salto, a pantera pousou suave e silenciosa na Montanha Solitária.

Os habitantes do vale ainda estavam sentados, em muda admiração, diante do Rubi do Rei. Em suas chamas, tinham a impressão de ver todas as coisas maravilhosas que já tinham feito, e queriam relembrar e fazê-las novamente. Moomin lembrou-se de seus passeios noturnos com Snufkin, e Miss Snob pensou em sua orgulhosa conquista da Rainha de Madeira. Moomin Mãe imaginou-se mais uma vez deitada na areia quente, ao sol, olhando para o céu, entre as flores que balançavam para lá e para cá.

Cada um estava longe, perdido em memórias maravilhosas, quando todos se assustaram com um pequeno rato branco de olhos vermelhos, que se esgueirou do bosque e correu na direção do Rubi do

Rei, seguido por um gato preto como carvão, que se espreguiçou na grama.

Pelo que todos sabiam, nenhum rato branco morava no Vale dos Moomins, nem um gato preto.

– Gatinho, gatinho! – Hemulen chamou.

Mas o gato só fechou os olhos e nem se preocupou em responder.

Com isso, o rato do vale disse:

– Boa noite, primo! – Mas só o que recebeu do rato branco foi um olhar longo e melancólico.

Então, Moomin Pai avançou com dois copos, querendo oferecer uma bebida do barril aos recém-chegados, mas eles não lhe deram nenhuma atenção.

Uma tristeza tomou conta do vale. As pessoas sussurravam e tentavam entender. Tinguti e Vitu ficaram ansiosos, puseram o rubi de volta no seu lugar e fecharam a mala. Mas, quando tentaram levá-la embora, o rato branco se levantou nas pernas de trás e começou a crescer. Ficou quase tão grande quanto a casa dos Moomins. Transformou-se no Hobgoblin, de olhos vermelhos e luvas brancas e, quando acabou de crescer, sentou-se na grama e olhou para Tinguti e Vitu.

– Vá embora, felho veio! – disse Tinguti.

– Onde vocês encontraram o Rubi do Rei? – perguntou Hobgoblin.

– Não é da cua sonta! – disse Vitu.

Ninguém nunca tinha visto Tinguti e Vitu sendo tão corajosos.

– Procuro por ele há três séculos – disse Hobgoblin. – Nada mais me interessa.

– Nem a nós – disse Tinguti.

– Você não pode tomá-lo – disse Moomin. – Eles o conseguiram do Groke honestamente. (Mas não mencionou que Tinguti e Vitu o tinham trocado pelo antigo chapéu do próprio Hobgoblin – de qualquer modo, ele parecia ter um novo.)

– Me deem alguma coisa para mordiscar – ordenou Hobgoblin. – Isso está me deixando nervoso.

Moomin Mãe logo trouxe panquecas e geleia e lhe entregou um prato cheio.

Enquanto Hobgoblin comia, todos chegaram um pouco mais perto. Quem come panquecas e geleia não pode ser tão perigoso. Dá para conversar com ele.

– Está gostoso? – perguntou Tinguti.

– Sim, obrigado – respondeu Hobgoblin. – Há oitenta e cinco anos que não comia uma panqueca.

Todos sentiram pena dele e se aproximaram mais.

Quando terminou, Hobgoblin limpou o bigode e disse:

– Não posso tomar o rubi de vocês, porque isso seria roubar. Mas não poderiam trocá-lo por, digamos, duas montanhas de diamantes e um vale de pedras preciosas variadas?

– Não! – responderam Tinguti e Vitu.

– E não podem dar ele pra mim? – perguntou Hobgoblin.

– N...não – eles repetiram.

Hobgoblin suspirou e sentou-se por um tempo, pensando e parecendo muito triste. Finalmente, disse:

– Bem, continuem com sua festa. Vou me animar fazendo um pouco de mágica pra vocês. Cada um vai ter um pouco de mágica pra si mesmo. Agora, cada um pode fazer um pedido, a família Moomin primeiro!

Moomin Mãe hesitou um pouco.

– Tem de ser alguma coisa que você possa ver? – perguntou. – Ou uma ideia, se é que me entende, Sr. Hobgoblin?

– Ah, sim! – disse Hobgoblin. – Coisas são mais fáceis, mas funciona com ideias também.

– Então, desejo que Moomin pare de sentir saudade de Snufkin – disse Moomin Mãe.

– Minha nossa! – disse Moomin, ficando corado – Não sabia que estava tão na cara...

Mas Hobgoblin balançou sua capa uma vez, e imediatamente a tristeza foi embora do coração de Moomin. Sua saudade se tornou só expectativa, e ele se sentiu muito melhor.

– Tenho uma ideia! – gritou. – Caro Sr. Hobgoblin, faça a mesa inteira, com tudo o que está nela, voar até Snufkin, onde quer que ele esteja agora!

No mesmo instante, a mesa subiu pelos ares e voou para o sul, com panquecas, geleia, frutas, flores, ponche e doces, assim como o livro de Muskarato, que ele tinha deixado sobre ela.

– Oh! – disse Muskarato. – Agora, gostaria de ter meu livro de volta, por favor.

– Certo! – disse Hobgoblin. – Aqui está ele, senhor!

– "Sobre a utilidade de tudo" – leu Muskarato. – Mas este é o livro errado. O que eu tinha era sobre a inutilidade de tudo.

Mas Hobgoblin só riu.

– Com certeza, é minha vez agora – disse Moomin Pai. – Mas é muito difícil escolher! Pensei em um monte de coisas, mas nada é totalmente certo. Uma estufa é mais divertido a gente mesmo fazer, um bote também. Além disso, eu tenho quase tudo.

– Talvez você não precise de um desejo – disse Sniff. – Posso ficar com o seu?

– Oh, bem... – disse Moomin Pai. – Não tenho certeza...

– Você deve se apressar, querido – insistiu Moomin Mãe. – Que tal pedir uma capa bem bonita para suas memórias?

– Ah, essa é uma ótima ideia! – exclamou Moomin Pai, feliz, e todos gritaram, encantados, quando Hobgoblin lhe entregou uma capa de couro marroquino vermelho e dourado, decorado com pérolas.

– Agora sou eu! – gritou Sniff. – Meu próprio barco, por favor! No formato de concha, com velas roxas e mastro de jacarandá e apoios de remo de esmeraldas!

– Esse foi um pedido e tanto! – disse Hobgoblin, gentil, e balançou a capa.

Todos prenderam a respiração, mas o barco não apareceu.

– Não funcionou? – perguntou Sniff, desapontado.

– Na verdade, funcionou – respondeu Hobgoblin –, mas, claro, ele está lá na praia. Vai encontrá-lo amanhã de manhã.

– Com apoios para remos feitos de esmeraldas? – perguntou Sniff.

– Claro. Quatro, mais uma de reserva – disse Hobgoblin. – Próximo!

– Hum... – disse Hemulen. – Pra dizer a verdade, peguei uma pá de botânica emprestada de Snork e ela se quebrou. Então, só preciso de uma nova.

Ele fez uma cortesia* de uma maneira muito educada, quando Hobgoblin apresentou-lhe a nova pá.

---

* Hemulen sempre fazia cortesias, pois fazer uma reverência de vestido sempre parece ridículo. *A autora*.

— Você não se cansa de fazer mágica? — perguntou Miss Snob.

— Não com essas coisas fáceis — respondeu Hobgoblin. — E o que vai querer, querida senhorita?

— Realmente, é muito difícil — ela disse. — Posso cochichar?

Quando ela cochichou em seu ouvido, Hobgoblin pareceu um pouco surpreso e perguntou:

— Tem certeza de que quer que isso aconteça?

— Sim! Certeza! — ela exclamou.

— Bem, certo, então! — disse ele. — Lá vamos nós!

No instante seguinte, um grito de surpresa veio da multidão. Miss Snob estava irreconhecível.

— O que fez com você mesma?! — perguntou Moomin, agitado.

— Eu desejei os olhos da Rainha de Madeira — explicou Miss Snob. — Você achou que ela era linda, não foi?

— Foi, m-mas... — disse Moomin, triste.

— Você não acha meus olhos bonitos? — perguntou Miss Snob, e começou a chorar.

– Bem, bem... – disse Hobgoblin. – Se eles não estão bons, seu irmão pode pedir seus olhos antigos de volta.

– É, mas eu tinha pensado em algo bem diferente – protestou Snork. – Se ela faz pedidos idiotas, não é minha culpa!

– No que você tinha pensado? – perguntou Hobgoblin.

– Uma máquina pra descobrir coisas. – respondeu Snork. – Uma máquina que fala se as coisas estão certas ou erradas, boas ou ruins.

– Isso é muito difícil – disse Hobgoblin, balançando a cabeça. – Não consigo fazer isso.

– Bem, nesse caso, quero uma máquina de escrever – disse Snork, aborrecido. – Minha irmã pode ver muito bem com os olhos novos!

– Verdade, mas ela não está tão bonita – disse Hobgoblin.

– Querido irmão – implorou Miss Snob, que tinha pegado um espelho –, por favor, peça meus olhinhos de volta! Estou horrível!

– Oh, está bem – disse Snork, finalmente. – Você pode ficar com eles, pelo bem da família. Mas espero que seja menos vaidosa no futuro.

Miss Snob olhou no espelho de novo e chorou de felicidade. Seus olhinhos engraçados estavam de volta no lugar, mas seus cílios estavam um pouco mais longos. Cheia de alegria, ela abraçou o irmão e disse:

– Meu doce de coco! Meu querido! Vou lhe dar uma máquina de escrever de presente de Natal!

– Não! – disse Snork, que estava com muita vergonha. – Não se deve beijar os outros quando há gente olhando. Não, eu não ia conseguir ver você daquele jeito, só isso.

– Ah-rá! Agora só faltam Tinguti e Vitu, da casa da festa! – disse Hobgoblin. – Vocês têm de fazer um pedido em conjunto, porque não consigo diferenciar os dois.

– Você não vai pazer um fedido? – perguntou Vitu.

– Eu não posso – respondeu Hobgoblin, triste. – Só posso realizar os desejos dos outros, e me transformar em coisas diferentes.

Tinguti e Vitu olharam para ele. Depois se aproximaram um do outro e cochicharam por um longo tempo.

Vitu, então, disse, solene:

– Decidimos pazer um fedido pra você, porque pocê é uma vessoa buito moa. Queremos um lubi tão rindo quanto o nosso.

Todos tinham visto Hobgoblin rir, mas ninguém acreditava que ele podia sorrir. Ele ficou tão feliz, que dava para ver nele todo – do chapéu até as botas! Sem uma palavra, balançou a capa sobre a grama e... pronto! Mais uma vez, o jardim se encheu de luz rosa: na grama, diante de todos, estava um gêmeo do Rubi do Rei – o Rubi da Rainha.

– Agora, você mão está nais triste? – perguntou Vitu.

– Tenho de dizer que não – respondeu Hobgoblin, levantando com cuidado a joia brilhante em sua capa.

– E agora, todos os outros podem pedir o que querem! Vou realizar todos os seus desejos até de manhã, porque tenho de estar em casa antes do Sol nascer.

E cada um teve sua vez.

À frente de Hobgoblin, fez-se uma longa fila de criaturas da floresta, tagarelando, rindo, zumbindo: todos queriam ter seus desejos realizados. Os que faziam pedidos idiotas tinham direito a uma segunda chance, porque Hobgoblin estava de muito bom humor. A dança começou de novo, e mais carrinhos de panquecas foram trazidos para debaixo das árvores. Hemulen soltou mais e mais fogos de artifício, e Moomin Pai continuou suas memórias com a nova capa e leu em voz alta sobre sua juventude.

Nunca o Vale dos Moomins tinha visto uma comemoração igual.

Oh, que sensação maravilhosa é ir para casa na calma do amanhecer e dormir, quando a gente já comeu de tudo, bebeu de tudo, conversou sobre tudo, dançou até os pés doerem! E agora, Hobgoblin voa

para o fim do mundo, e a Ratazana-Mãe se aconchega no ninho, e um está tão feliz quanto o outro.

Mas talvez o mais feliz de todos seja Moomin, que vai para casa pelo jardim, com sua mãe, no exato instante em que a Lua está desparecendo no clarear do dia, e as folhas das árvores estão se agitando com o vento da manhã que vem do mar.

É outono no Vale dos Moomins – pois, senão, como a primavera vai voltar?

(1914 – 2001)

TOVE JANSSON nasceu em agosto de 1914 e cresceu em Helsinque, na Finlândia. Sua família, parte da minoria que fala sueco no país, era artística e excêntrica. O pai de Tove, Viktor, foi um dos maiores escultores da Finlândia, e a mãe, Signe, fazia projetos gráficos e ilustrava livros, capas, selos postais, cédulas bancárias e tirinhas políticas.

Quando jovem, Tove estudou Arte e Design na Suécia, França e Finlândia, onde escolheu voltar a viver. Na década de 1940, trabalhou como ilustradora e cartunista para várias revistas nacionais. Durante esse tempo, começou a usar um personagem parecido com um moomin, como um tipo de marca registrada de seus quadrinhos. Com o nome de Snork, essa versão inicial de Moomintrol era magra, com um nariz comprido e fino, e um rabo diabólico. Tove disse que o tinha desenhado em sua juventude, tentando criar "a mais feia criatura possível".

O nome "Moomintrol" apareceu como uma piada: quando Tove estava estudando em Estocolmo e morando com familiares suecos, seu tio disse que um "Moomintrol" vivia na despensa e soprava vento frio no pescoço das pessoas, para fazer com que ela parasse de "roubar" comida da cozinha.

Tove publicou o primeiro livro da série Moomins, *Os Moomins e o dilúvio*, em 1945, escrito em 1939. Apesar de as personagens centrais serem Moomin Mãe e Moomin Pai, a maioria das personagens só foi introduzida no livro seguinte. Assim, *Os Moomins e o dilúvio* é considerado um "pré-série".

A consagração chegou com a publicação de *Um cometa na terra dos Moomins*, em 1946, e *Os Moomins e o chapéu do mago*, dois anos mais tarde. Os livros logo foram publicados em inglês e em outras línguas, e assim começou a ascensão internacional dos Moomins.

Tove Jansson morreu em junho de 2001. Os muitos prêmios que recebeu como autora e artista incluem o Prêmio Hans Christian Andersen, em 1966, do IBBY (International Board on Books for Young People), por sua contribuição, durante toda a vida, para a literatura infantil, e duas medalhas de ouro da Academia Sueca.

Esta obra foi composta com a tipografia Electra e impressa em papel Off-White 80 g/m² na gráfica Rede.